Philipp Blom

Bei Sturm am Meer

Roman

dtv

Von Philipp Blom ist bei dtv außerdem lieferbar:

Sammelwunder, Sammelwahn (28046)
Böse Philosophen (34755)
Die zerrissenen Jahre (34878)
Der taumelnde Kontinent (34678)

Mit freundlicher Unterstützung der
Kulturabteilung der Stadt Wien

**Ausführliche Informationen über
unsere Autoren und Bücher
www.dtv.de**

MIX
Papier aus verantwortungsvollen Quellen
FSC® C019821

2018 dtv Verlagsgesellschaft mbH & Co. KG, München
Lizenzausgabe des Paul Zsolnay Verlags Wien

Umschlaggestaltung: Isabella Grill/dtv unter Verwendung
von Fotos von gettyimages und Arcangel Images
Gesamtherstellung: Druckerei C.H.Beck, Nördlingen
(Satz nach einer Vorlage des Paul Zsolnay Verlags)
Gedruckt auf säurefreiem, chlorfrei gebleichtem Papier
Printed in Germany · ISBN 978-3-423-14638-8

Für Arnd und Christina

ERSTER TAG

MARLENE, MEINE MUTTER, deine Großmutter, ist in der Post verlorengegangen. Nicht, weil sie sich in einem riesigen Bürogebäude verlaufen hätte, nicht, weil sie alt und verwirrt war. Sie wurde nicht alt, und sie war ganz klar bis kurz vor ihrem Ende, als das Morphium ihr waches Bewusstsein trübte. Nein, als ordentliche und versicherte Paketsendung ging sie verloren, ging die Urne mit der Asche verloren, die von ihr übrig geblieben war.

Deine Großmutter hätte diese Geschichte sicherlich komisch gefunden. Ich kann ihre Stimme hören, wie sie solche Sachen erzählte, alte, immer wieder aufpolierte Geschichten aus der Familie oder irgendwas, was sie im Radio gehört oder beim Friseur gelesen hatte, wo sie die Illustrierten nach Neuigkeiten über königliche Paare und ihre Familien durchkämmte (bis zu ihrem Tod war sie eine sentimentale holländische Monarchistin, sie liebte die Monarchie als etwas Schönes, so wie sie Hortensien liebte). Ich kann sie lachen hören, ein entferntes Echo des trompetenden Familienlachens. Sie liebte absurde Geschichten, und es hätte sie amüsiert, durch ihr Verschwinden im Mittelpunkt der Aufmerksamkeit zu bleiben. Sie ist buchstäblich nicht zu ihrem eigenen Begräbnis erschienen.

Erst vor zwei Stunden wurde ich angerufen. Die Friedhofsdirektion bedauerte, die Urne meiner Mutter sei nicht wie erwartet angekommen; da könne man nichts machen, meine Anwesenheit sei demnach nicht notwendig. Ich habe dann noch mit der niederländischen Post telefoniert, mit der deutschen Post, mit dem Begräbnisinstitut, das die Kremation vorgenommen und das Paket hochoffiziell abgeschickt hat. Nichts. Niemand weiß etwas. Meine Mutter bleibt verschwunden, irgendwo auf dem Weg zwischen Sterbebett und Grab.

So sitze ich hier, in einem Hotelzimmer in Amsterdam, wohin ich gekommen bin, um als einziger Trauernder an der Bestattung teilzunehmen. Ich versuche meine Gedanken zu ordnen. Schriftlich. Damit es zählt, damit du mir glaubst, damit alles dokumentiert ist, was schon passiert ist und was in den nächsten Tagen noch passieren wird.

Von meinem Zimmer aus blicke ich über eine Gracht. Es ist seltsam beruhigend, die Fenster der Häuser gegenüber zu beobachten. Ich werde meine Suche fortsetzen, aber momentan kann ich nichts tun. Ich warte auf Rückrufe, Überprüfungen, höhere Instanzen. Zunächst einmal habe ich also Zeit, dir von der Verkettung der Umstände zu berichten, die mich hierhergeführt haben und die dabei sind, mein Leben von Grund auf umzugraben.

Um dir zu erklären, was vorgefallen ist, um dir zu zeigen, wer dein Vater ist, muss ich etwas ausholen, muss ich dir von meiner Mutter erzählen, sie kann es ja nicht mehr, und von ihrer Mutter, von ihrer, deiner und meiner ganzen Familie.

Es mag dir eine kapriziöse Idee scheinen, Sascha, dir so eine Zeitkapsel zu überreichen, einen Brief, den dein Vater geschrieben hat, als er exakt das Alter hatte wie du jetzt, wenn dir dieser Brief ausgehändigt werden soll: vierundvierzig Jahre. Du sollst den Brief an deinem Geburtstag bekommen, so werde ich es hinterlegen. Vierzig Jahre in die Zukunft! Wenn ich dann noch lebe – und ich weiß nicht, ob mir diese Idee erstrebenswert erscheint –, werde ich mich auf meinen fünfundachtzigsten Geburtstag vorbereiten. Vielleicht wirst du mich besser verstehen, wenn du diese Zeilen gelesen hast, vielleicht sogar dich selbst, die Impulse, Ticks und Gesten, die jeder Mensch mit Fremden teilt, die zufällig Teil derselben Familie sind.

Die Häuserzeile gegenüber wirkt idyllisch. Ich sehe direkt in einige Wohnungen hinein: ein Studentenpaar schräg links gegenüber, ein kahlköpfiger Mann an seinem Computer, ein Schlafzimmer mit einem ungemachten Bett, das noch genauso aussieht wie gestern Abend.

Ich habe noch eine zweite Mission hier, die schwieriger ist als das Begräbnis oder die Suche nach einer abhandengekommenen Urne, und weniger klar. Auch sie betrifft deine Großmutter, aber noch mehr deinen Großvater und mich selbst – und damit betrifft sie auch dich. Um sie zu erklären, um zu erklären, warum ich im Begriff bin, eine wildfremde Frau zu besuchen, die ich nur einmal in meinem Leben gesehen habe, nämlich bei der Trauerfeier für deine Großmutter, bei der sie unvermittelt auftauchte und, kaum dass wir ein paar Worte gewechselt hatten, genauso plötzlich wieder verschwand – um all dies verständlich zu machen, muss ich dich mitnehmen in die Zeit, in der ich selbst noch ein Kind war.

Ich habe den größten Teil meiner Kindheit allein mit meiner Mutter verbracht, obwohl über die Jahre mehrere Männer Anteil an ihrem Leben hatten. Nie habe ich jene an Vaters statt angenommen, denn ich hatte ja einen Vater, der zwar nicht bei mir war, nicht körperlich anwesend, aber doch eine ständige Nähe und Inspiration, ein Teil von mir.

Mein Vater Henk war ein Held, und ich liebte ihn mit einer hell lodernden Kinderliebe, auch wenn ich kaum mehr eine Erinnerung an ihn hatte. Ich war gerade vier, als er nach Südamerika aufbrach, um dort eine Geschichte zu recherchieren. Das war 1972. Er war Journalist. In Kolumbien sollte er zu einer Rebellengruppe stoßen, um dann irgendwo im Dschungel deren Anführer zu interviewen, für das Hamburger Magazin, für das er arbeitete. Von dieser Reise ist er nie zurückgekommen. Er hatte sich noch gemeldet bei einem Kollegen drüben, der ihm geholfen hatte, den Kontakt herzustellen, er war zu diesem Treffen gefahren, irgendwo in der Provinz, mit dem Auto, und dann war jede Kommunikation von seiner Seite abgebrochen.

Niemand bekannte sich zu der Entführung, seine Leiche wurde nie gefunden, aber damals verschwanden Tausende auf diese Weise. Es gibt ein Wort dafür auf Spanisch: *Desaparecidos* – die Verschwundenen. Sein Tod war seinem Magazin nur eine kurze Notiz wert, eine Zeitung veröffentlichte einen Nachruf. Einige Jahre später wurde sogar ein

Journalistenpreis nach ihm benannt, die Umstände seines Verschwindens und seines Todes wurden jedoch niemals geklärt.

Ich erinnere mich dunkel an einzelne Bilder und Momente des Zusammenseins mit ihm. Ich erinnere mich daran, dass ich auf dem Boden saß und mit seiner Büroschere irgendetwas aus buntem Papier ausschnitt. Er hatte mir immer wieder gesagt, dass ich vorsichtig sein sollte mit der Schere, die schrecklich und wunderbar glitzerte. Ich aber fühlte mich sicher und sah zu ihm auf, wie er an seiner Schreibmaschine saß und schrieb und dabei rauchte, eine Zigarette nach der anderen. Ich erinnere mich an seinen Geruch und an den Klang seiner Stimme und daran, wie wir Spaziergänge an der Elbe gemacht haben, früh am Morgen, mit einer milchigen Sonne am Himmel und ölschwarzen Felsen als Wellenbrecher, auf die ich geklettert bin, und mit den riesigen Schiffen, die sich an uns stumm vorbeischoben, bis sie plötzlich mit dröhnendem Nebelhorn verkündeten, dass alle Welt ihnen untertan sein musste. Man konnte diesen Ton in der Brust spüren, so mächtig war er. Ich besitze eine Fotografie, die uns bei so einem Spaziergang zeigt. (Erinnere ich mich wirklich an die Spaziergänge, oder hat dieses Bild meine Erinnerung erst geschaffen?) Ich sitze auf seiner Schulter und lache, den Mund weit geöffnet. Mein Vater schaut zu mir hinauf, ein kräftiger Mann mit einem entschlossenen, offenen Gesicht, einem Gesicht, von dem du so viel geerbt hast, dass ich oft an dieses Foto denken muss, wenn ich dich ansehe.

Ich habe mich immer gefreut, wenn Marlene mich mit meinem Vater verglich, was sie oft getan hat. Wie dein Vater, sagte sie oft, bei einer bestimmten Bewegung oder einer Geste, die sie an früher erinnerte. Sie hatte dabei ein ganz besonderes, verhaltenes Lächeln auf den Lippen, einen verborgenen Stolz. Damals war ich fest entschlossen, später selbst ein Held zu werden und sein Erbe anzutreten. Sobald ich erwachsen wäre, wollte ich nach Kolumbien fliegen und die Umstände seiner Entführung aufklären, ich wollte mich seines Erbes würdig erweisen. Natürlich bin ich kein Held geworden. Ich arbeite bei einer Marketingagentur. Auch in Südamerika bin ich noch nie gewesen. Eine gewisse Scheu hat mich davon abgehalten, diesen Kontinent zu betreten. Vielleicht ist diese Scheu einfach Feigheit.

Ich schweife ab. Aber ich muss abschweifen und weit ausholen, anders kann ich dir nicht das ganze Bild zeigen, und ich weiß nicht, was ich dir über die Jahre erzählen kann, wie viel Zeit wir miteinander haben werden. Außerdem ist in den vergangenen Wochen so vieles aufgewühlt und umgegraben worden, dass mir selbst nicht klar ist, in welcher Reihenfolge ich alles erzählen soll, ich weiß nur, dass du nichts verstehen wirst, wenn du nicht weißt, warum die Menschen, um die es hier geht, so geworden sind und nicht anders.

Meine Mutter Marlene, deine Großmutter (ich werde sie von jetzt an Marlene nennen, das gibt auch mir Distanz), ist als kleines Mädchen nach Holland gekommen. Sie wurde in

Hamburg geboren, im Winter 1942, bevor die großen Bombenangriffe begannen. Elly, ihre Mutter, den Fotos nach damals sehr attraktiv, mit katzenhaft schräggestellten Augen und rötlich-blondem Haar, war allein, unverheiratet, neunzehn Jahre alt. Kannst du hundert Jahre später überhaupt ermessen, was das damals hieß? Sie hatte davon geträumt, Filmschauspielerin zu werden. Der Vater war Buchhalter bei einem Hamburger Filmstudio, ein nervöser Mann, der niemandem in die Augen blicken konnte, ein Aufschneider und Frauenheld. (So hat ihn mir Marlene später beschrieben, nach den Schilderungen ihrer Mutter, denn sie hat ihren Vater nie gesehen. Elly selbst hat ihn später mit keinem Wort mehr erwähnt.) Elly hatte einen Schreibmaschinenkurs belegt. Als er sie einlud, war sie ganz davon in den Bann geschlagen, dass er beim Film war, sein mausähnliches Profil und seine schlechten Manieren wurden überstrahlt von dem Gedanken an gleißende Scheinwerfer und funkelnde Brillanten, an Premieren mit Champagner-Pyramiden.

Die Wirklichkeit war weniger glanzvoll. Er nahm sie mit in ein Tanzlokal und gab ihr zwei Gläser Sekt, er selbst trank Bier. Dann gingen sie zu ihm nach Hause: eine kleine Wohnung, ein ächzendes Bett. Mehrere Wochen ging das so. Kurze Zeit später wurde er eingezogen und an die Ostfront geschickt. Elly dachte, sie würde ihn nie wiedersehen, und fühlte sich dabei gar nicht traurig. Etwas Nobles, Schicksalhaftes fühlte sie dabei, und im Übrigen: Geliebt hatte sie ihn nie. Damals wusste sie bereits, dass sie schwanger war, aber sie wusste auch, dass ihr Kind nicht bei so einem Mann aufwachsen durfte. Er hatte von Hochzeit geredet, nach seiner Rückkehr, das Übliche eben. Sie hatte gesagt, was man in solchen Momenten sagte. Aber sie hatte gewusst, als sie ihn da so sitzen sah, klein und gierig hinter seinem Bier, sie hatte gewusst, dass ihr Kind nicht bei so einem aufwachsen konnte.

Das Kind war ein Mädchen, und irgendwie hatte Elly sich durchgeschlagen, hatte bei ihrer Familie gewohnt, als sie ausgebombt wurde, hatte in einer Firma angefangen, als Tippse in einem Großraumbüro voller junger Frauen an riesigen, metallenen Schreibmaschinen, die mit wütender Präzision auf die Tasten einhackten. Jeden Vormittag war eine von ihnen dran, ihre Maschine zu blockieren, die Metallarme mit den Buchstaben ineinander zu verkeilen oder eine Schraube zu lockern, sodass die Walze beim Zeilenwechsel mitsamt dem Blatt Papier in hohem Bogen aus der Maschine flog und auf dem Boden landete. Zehn Minuten Pause waren das, während der Schaden repariert wurde, die anderen Tippsen hörten auf und sahen zu, und sogar der Chef sagte nichts, denn er wusste, wie ohrenbetäubend das dauernde Klappern und Rattern war.

Nach Kriegsende behielt Elly ihren Job. Das ist nur vorläufig, sagte ihr eine innere Stimme, du bist zweiundzwanzig, und keins der Mädchen ist hübscher als du, warte nur, bis sich wieder alles beruhigt, dann wird es anders, dann wirst du ein Star, bei der Ufa, in Hollywood.

Was sie alles mitgemacht hatte! Die Bombennächte mit Marlene auf dem Arm, eine Flucht aufs Land, das Gerangel mit ihrer Mutter, Milch finden fürs Kind, etwas Anständiges zu essen, sie war doch noch *lütt*, sie brauchte doch was Gutes. Dann lernte sie Veenstra kennen, einen Geschäftsmann aus Den Haag, Niederlande. Er war älter als sie, mehr als dreißig Jahre. Charmant war er nicht, aber korrekt. Unbeholfen. Immer um sie bemüht. Er hielt die Tür auf für sie, als sie ihn das erste Mal sah, half ihr in den Mantel, immer etwas ungelenk. Und ich dachte, es gäbe keine Gentlemen mehr!, sagte sie kokett, und er starrte sie nur an. Er sprach kaum Deutsch. Trotzdem hatte er sie eingeladen, nachdem er eine Woche lang fast täglich in der Firma ein und aus gegangen war. Er war Bauunternehmer, wohlhabend. Er mochte Elly. Sogar Marlene störte ihn nicht. Ich mag Kinder, sagte er und schenkte ihr Schokolade. Er hatte Verbindungen. Er bekam, was er wollte. Auch Elly bekam er, oder vielleicht war sie diejenige, die ihn bekam. Die Hochzeit wurde in aller Stille gefeiert, standesamtlich. Ihre Mutter war da und eine Schwester, als Trauzeuge fungierte ein Geschäftsfreund, ein Mann, den Elly vorher noch nie gesehen hatte.

Nur zwei Jahre später fand sich die neue *Mevrouw* Veenstra in einem Vorort von Den Haag, in einer gesetzten, Krawatte und Perlenkette tragenden Nachbarschaft, in der man sonntags in die Kirche ging, fromme Lieder sang und eine Predigt voller Drohungen und Verwünschungen über sich ergehen ließ, und in der man sich während der Woche nie zu weit vom Fenster entfernt aufhielt, um mitzukriegen, was gegenüber passierte; in einer Nachbarschaft, in der man mit jungen Frauen aus Feindesland nicht sprach, sie keines Blickes würdigte. Es war kurz nach dem Weltkrieg.

Auch deswegen hatte Veenstra gewartet, bis er seine junge Frau nachholte. Er wusste, was auf sie und auf seine Stieftochter zukam, die arglos in diese feindselige Welt hineinstolperte und fremde Menschen auf der Straße auf Deutsch ansprach. Er hatte versucht, ihnen zumindest einige Sätze auf Holländisch beizubringen. Marlene erwies sich als gelehrige Schülerin. Elly tat sich schwerer. Sie hatte kein Ohr dafür. Sie versuchte es, anfangs sogar mit einem Lehrbuch, das er ihr mitgebracht hatte, aber sie konnte die Silben nicht formen, sie klangen immer wie Kinderdeutsch. Elly begann zuerst herumzualbern, und schließlich stritten sie sich, jedes Mal. Veenstra hörte auf mit seinen pädagogischen Ambitionen. Er war auch kein besonders guter Lehrer. Elly gab einfach auf. Sie hat es nie geschafft, ihren harten Akzent abzulegen.

Anfangs hatte sie alles getan, um sich anzupassen. Ihm zuliebe lernte sie, holländische Gerichte zu kochen, Hutspot und Stamppot und Endivien und Aal, die Veenstra gerne aß und immer wieder verlangte. Er wollte eine anständige, eine holländische Frau. Und sie war hübsch, mit hochgesteckten, blonden Haaren. Er war bereit, darüber hinwegzusehen, dass jedes Wort aus ihrem Mund sie verriet. Die Nachbarn waren unnachsichtig. Sie hatte auch nach Freundinnen gesucht, nach jemandem, mit dem sie sich austauschen konnte, aber sobald sie etwas sagte, beim Metzger oder in der Bücherei, sah sie den Hass in den Augen der Leute, und sie fühlte, wie auch diejenigen, die ihr nichts Böses wollten, sich zurückzogen.

Sie blieb allein mit ihrem Kind und ihrem Mann, eine Insel inmitten der anständigen Straße. Sie gingen nicht oft aus. Die Einkäufe eben, das Kind abholen. Veenstra hatte ein Herzleiden entwickelt und konnte nicht mehr arbeiten. Er verkaufte seine Firmenanteile an seinen Kompagnon, achtete akkurat auf die Finanzen und verbrachte die meiste Zeit damit, zu Hause Zeitung zu lesen, im Vorderzimmer, an dem Tisch, der mit einem Perserteppich bedeckt war. Stundenlang saß er da, eine große, schwarzumrandete Lesebrille auf der Nase und eine Tasse schwarzen Tee in Griffweite. Die Standuhr neben ihm tickte. Wenn sich zur vollen Stunde das Glockenwerk in Bewegung setzte, vor dem ersten Schlag, dann schien sie ein Ticken zu verschlucken, gurgelnd, dem Infarkt nahe. Manchmal beobachtete Marlene Veenstra durch einen Türspalt: Er las fast regungslos. Die bleiche, faltige Haut war sehr glatt rasiert, und doch hatte er immer einen schwarzen Schatten auf den Wangen. Die Haare waren streng zurückgekämmt. Die Dose mit Pomade stand im Badezimmer und roch fremd nach Kokosnuss und Weihrauch. Wie ein Heiliger, dachte Marlene, ein spanischer Priester oder ein Spion. Manchmal wünschte sie sich, dass sein Herz plötzlich aufhören würde zu schlagen, gurgelnd wie das Glockenwerk der Uhr.

Veenstra hatte nur wenige Freunde, die alle so alt waren wie er und von denen einige nach seiner Heirat auf Abstand gingen. Es war still im Haus. Nur Marlene belebte das obere

Stockwerk (ins Wohnzimmer und ins Vorderzimmer durfte sie nur zu den Mahlzeiten, so hatte Veenstra es gewollt) und den kleinen Garten, der nach hinten hinaus ging und sich bis zu einem winzigen, von Entenflott bedeckten Kanal erstreckte, aus dem sie mehrmals gerettet werden musste und in den auch ich gefallen bin, denn Elly ist zeit ihres Lebens nie mehr umgezogen, und wir haben sie oft besucht.

Veenstra war da schon längst nicht mehr am Leben. Er starb vor meiner Geburt und hinterließ Elly eine Summe, die sie zu ihrer Überraschung zur wohlhabenden Witwe machte. Das Sparen hatte sich ausgezahlt, auch wenn Elly von den üppigen Investitionen ihres Mannes wohl nie etwas erfahren hätte, wäre er am Leben geblieben. Jetzt war sie frei: Mitte vierzig und eigentlich attraktiver als je zuvor, Mutter einer Tochter, die bald mit der Schule fertig war, nie wieder gezwungen zu arbeiten.

Sie hatte ihren bettlägerigen Mann mit Hingabe und fast liebevoll gepflegt, aber gleichzeitig, wie eine geheime Hoffnung, begann ihre eigene Lebenslust wieder hervorzukommen. Im nüchternen Nachkriegsholland begann sie sich wieder wie eine junge Frau zu kleiden; Make-up, das in der jüngeren Vergangenheit dem der holländischen Nachbarinnen immer ähnlicher geworden war (anständige Frauen trugen damals keinen Lippenstift und schon gar kein Rouge), trug sie stärker auf, die Lippen strahlten in sorgfältig mit der Kleidung koordinierten Rottönen.

Marlene brachte Freunde nach Hause, um die Schularbeiten gemeinsam zu erledigen, Elly servierte Limonade und umsorgte die jungen Männer besonders aufmerksam. Später hat Marlene sie immer wieder beschuldigt, mir gegenüber. Ihre Mutter habe ihr die Freunde abgeworben, hat sie einmal gesagt, und mit einem habe sie sogar eine Affäre gehabt, im Gästezimmer, direkt neben dem Krankenlager ihres Mannes.

Was auch immer damals vorgefallen ist, Marlene hat das Haus so rasch wie möglich verlassen. Sie zog nach Amsterdam, nachdem sie mit der Schule fertig geworden war, in ein kleines Dachzimmer im Jordaan. Um die Miete zu bezahlen, half sie in einer Buchhandlung aus.

Ich wollte gar nicht studieren, sagte sie mir oft, aber es war die einzig respektable Art, da rauszukommen. Studieren oder heiraten, und das wollte ich überhaupt nicht, nicht nach dem, was ich bei mir zu Hause gesehen hatte. Ich hab also Kunstgeschichte studiert, mehr aus Verlegenheit, und in der Mensa habe ich ihn kennengelernt, deinen Vater. Der allerdings hatte mit Kunstgeschichte nichts am Hut. Er studierte Politikwissenschaften und Spanisch und war Mitglied der Kommunistischen Partei und verschiedener seltsamer Gruppen, die selbstgedruckte Manifeste verteilten und die Revolution planten, ein lauter und irgendwie gefährlich wirkender Geselle mit langen Haaren und Bart, der dauernd selbstgedrehte Zigaretten rauchte. Das war es auch, was mich zuerst zu ihm hingezogen hat – dieses Gefühl der Gefahr, seine rebellische Haltung.

Damals hat sie ihn nicht gemocht. Fürchterlich fand sie ihn, aber er interessierte sie. Er hat sich über mich lustig gemacht, als ein gemeinsamer Freund uns vorstellte, und ich war zuerst stinksauer auf ihn, erzählte sie mir. Die Kunststudentin aus Den Haag, der Stadt der alten Jungfern und Pastoren, nannte er mich mit einem gespielt-vornehmen Akzent, und mein erster Impuls war, dass ich ihm eine runterhauen wollte. Er aber hat meine Wut bemerkt und mich auf einen Versöhnungskaffee eingeladen, einfach so, mit einer theatralischen Verbeugung mitten in der Mensa. Ich glaube, ich bin bis unter die Haarwurzeln rot geworden, aber ich habe angenommen.

Seit meiner Kindheit hat Marlene mir diese Geschichten immer wieder erzählt. Noch auf dem Sterbebett hat sie über diese Zeit gesprochen, als würde sie sich in sie zurückziehen, als wollte sie sichergehen, dass ich kein Detail vergesse. Schon nach wenigen Wochen ist sie mit Henk zusammengezogen. Damals war das ein gewaltiger Akt für ein Mädchen aus gutem Hause, das Rebellischste, was sie jemals getan hat. Veenstra regte sich darüber so auf, dass Elly ihrer Tochter bis an ihr Lebensende vorwarf, diese Schande und die Aufregung hätten ihn umgebracht – *sie* hätte ihn umgebracht. Tatsächlich starb er wenige Wochen später, was allerdings nicht zu Ellys Nachteil war, eigentlich sogar eine Erleichterung, aber trotzdem war sie voller Wut auf ihre Tochter, eifersüchtig auf ihre Freiheit und auf ihre Jugend.

Vielleicht war Elly auch wütend darüber, wie ihr eigenes Leben verlaufen ist, vielleicht wollte sie verhindern, dass Marlene denselben Fehler machte wie sie. Jetzt musste sie mit ansehen, wie ihre unverschämt jugendliche Tochter mit ihrer mädchenhaften Taille sich einem Kerl an den Hals warf, mit einem dahergelaufenen Studenten ins Bett stieg. Als Marlene sie einmal besuchte, wollte Elly ruhig mit ihr darüber sprechen, aber sie brüllten sich nur an.

Als die Studentenproteste ausbrachen, war Henk ganz vorne dabei. Marlene demonstrierte ebenfalls, gehörte zu den Besetzern des kunsthistorischen Instituts und nahm an Sit-ins teil. Dass sie das aus politischer Überzeugung tat, kann ich mir allerdings nicht vorstellen. Solang ich mich erinnern kann, war sie ein zutiefst unpolitischer Mensch. Zu Hause wurde nie über Politik gesprochen, sie interessierte sich einfach nicht dafür. Damals aber waren Politik und Liebe für sie eins, und womöglich tue ich ihr unrecht: Vielleicht erinnerte sie jede Form von politischem Engagement zu sehr an den Mann, den sie verloren hatte und dessen Leben die Politik gewesen war. Damals hatte sie ihr Leben ganz nach dem seinen ausgerichtet, nach seiner Karriere, seinen Bedürfnissen. Sie selbst hatte keine klare Idee, was sie vom Leben wollte, wie es aussehen sollte. Elly wollte, dass sie Schauspielerin wird, an einem Theater oder sogar beim Film. Sie hatte Unterricht bekommen, und ihre Lehrer hatten gesagt, sie habe Talent, aber sie weigerte sich, Rollen auswendig zu lernen, sie kam zu spät zu Proben, war schlecht vorbereitet. Sie hatte nichts gegen die Schauspielerei, aber wollte nicht das verpasste Leben ihrer Mutter nachleben, immer ihren Schatten, ihre Verzweiflung fühlen. Die Kunstgeschichte war nur eine respektable Entschuldigung.

Sie hatte keine Pläne. Sie hatte keine Energie, ein ganzes Leben zu planen.

Als der *Spiegel* Henk eine Stelle als Reporter anbot, konnte er die nicht ablehnen. Er hatte etwas geschrieben, die Proteste und ein Fall von Polizeigewalt aus Sicht der Studenten, er sprach hervorragend Deutsch, und in der Redaktion stieß sein Ton auf Zustimmung. Als Erstes heiratete der frischgekürte Redakteur Marlene. Er war mehr Bürgersohn, als er zugab. Dann kam der Umzug, und dann kam ich – Ben, eigentlich Benedict, ein seltsamer Name zu der damaligen Zeit. Marlene hat mir gesagt, sie hätten dabei an Spinoza gedacht, den großen Vordenker der Freiheit, aber das erklärt diese Namensgebung nicht. Benjamin, ja – aber Benedict, mit einem c? Trotzdem. Der Sohn von damaligen Freunden hieß Ernesto, seine Eltern nannten ihn Che.

In Hamburg war Henk in seinem Element, eine Stadt in Aufruhr. Zuerst war Marlene auch gerne dort. Mit ihrer Mutter hatte sie immer Deutsch gesprochen (ihr Holländisch war Marlene peinlich, wie es auch mir peinlich gewesen ist), die Leute hier hatten denselben Zungenschlag. Sie fühlte sich zu Hause, wie sie es in Den Haag nie gewesen war. In Hamburg nahm ihr Leben etwas Selbstverständliches an. Sie musste nichts mehr verbergen, hatte kein Geheimnis mehr. Dies war ihre Stadt, ihre Stimme der Beweis. Allerdings hatte sie nicht viel Gelegenheit, nostalgisch zu werden. Von spätabends bis morgens früh diskutierten Kollegen, Freunde und wildfremde, erbitterte Menschen auf ihrem Sofa, redeten wütend durcheinander über die

Zukunft des Proletariats und den Faschismus der Regierung, über berechtigten Widerstand und bewaffnete Aktionen, über lateinamerikanische Diktatoren und Revolution. Lange Haare, enge Jeans (in Marlenes Fall mit riesig weitem Schlag), große Brillen und große Gesten, viel Alkohol und viele, viele Zigaretten. Ihren Erzählungen nach lag ich spätnachts oft wie das erste Opfer von Attentatsphantasien auf dem Sofa, wie ein Toter schlafend, während sie laut durcheinanderriefen. Unter den Freunden, die immer wieder kamen, war eine Journalistin, eine Kollegin von Henk, eine schöne, scharfsinnige junge Frau, Ulrike Meinhof.

Bevor die ersten Bomben tatsächlich explodierten und die ersten Schüsse fielen, sei alles nur Gerede gewesen, sagte Marlene später, es war aufregend. Wir hatten das Gefühl, dass wir endlich etwas schaffen könnten, dass wir im Recht waren. Aber dann entglitt es uns. Leute, die wir kannten, tauchten unter und im Fernsehen als Staatsfeinde wieder auf und wurden per Steckbrief gesucht. Menschen starben, völlig unbeteiligte. Ich wollte das nicht. Ich hatte Angst davor. Ich hatte dich, und du warst noch so klein. Du bist da rumgelaufen mit deinen blonden Locken, während Menschen über Mord und Totschlag redeten, über Waffen und Sprengstoff und Kapitalistenschweine und mögliche Ziele. Überall war Gewalt und mittendrin mein Kind. Dabei haben wir nie etwas gemacht, nie auch nur die Absicht gehabt, sowas zu tun, aber dann war es plötzlich kein Spiel mehr. Es passierte wirklich. Auch deswegen wollte Henk nach Südamerika. Er wollte weg, er hatte Angst. Ich glaube, er hat sogar ernsthaft ans Auswandern gedacht. Auf jeden Fall aber wollte er weg von dieser Bedrohung, wollte sich nach Alternativen umsehen, irgendwo. Er fühlte sich nicht mehr sicher in Hamburg, wir beide fühlten uns nicht sicher.

Marlene wollte in Holland begraben werden, neben ihrer Mutter. Um genau zu sein: All die Monate, während sie im Sterben lag, hatte sie sich immer geweigert, irgendwelche Vorkehrungen für ihr Ende zu treffen, auch und besonders, als ihre Lage längst aussichtslos war. Sie hatte geweint und trotzig den Kopf abgewandt, wenn ich die Rede darauf lenken wollte, was denn passieren sollte, nachher, wenn sie nicht mehr da war. Wie ein Kind hat sie geweint, und irgendwann habe ich aufgehört, sie danach zu fragen, und habe selbst entschieden, dass dies der beste Ort für sie sei.

Die Urne musste nach geltendem Gesetz auf dem Postweg verschickt werden. Hinterbliebene bekommen die sterblichen Überreste nicht ausgehändigt. Diese werden »überstellt«, per Einschreiben. Aber Marlene ist verschollen. Der Kundendienst der Post sagt, dass man alles tue, um sie so rasch wie möglich zu lokalisieren und ordnungsgemäß zuzustellen. Bis dahin bitten sie mich um Geduld. Sie werden mir eine SMS schicken, wenn sie mehr wissen. Ich habe mir einige Tage freigenommen und werde hierbleiben, bis alles geklärt ist. In der Firma zeigt man Verständnis. Nur Xenia kann ich nicht erreichen. Sie nimmt nicht ab, und das ist kein Zufall.

Ich muss es jetzt gleich sagen, zugeben: Deine Mutter und ich sprechen momentan kaum miteinander. Sie meint, ich habe mich verändert nach Marlenes Tod, ich sei unkommunikativ geworden, habe mich zurückgezogen, ich verweigere mich ihr und dir. Ich habe versucht, ihr auseinanderzusetzen, was Trauer ist, dass es Zeit brauchen wird, darüber hinwegzukommen, aber ihre Vorwürfe bedrücken auch mich. Vielleicht habe ich mich tatsächlich zurückgezogen, und jetzt sitze ich hier und weiß nicht, was passieren wird. So vieles ist aus den Fugen geraten, und ich weiß nicht, ob oder wie es sich wieder fügen wird. Du leidest unter unserem Streit, der dauernd schwelt und wegen jeder Kleinigkeit aufbrechen kann.

(Ich weiß nicht, ob du zu dem Zeitpunkt, an dem dich diese Zeilen erreichen werden, mich wirklich kennen wirst, wie viel Zeit wir in der Zwischenzeit miteinander verbracht haben werden. Vielleicht wirst du dies lesen und mit mir darüber sprechen, so wie wir jetzt miteinander sprechen und wie wir vielleicht über die Jahre immer wieder miteinander sprechen werden: vertraut und regelmäßig. Vielleicht aber wirst du ganz anders aufwachsen und mich nur in den Ferien sehen, in denen ich versucht haben werde, alles aufzuholen, was ich mit dir in der Zwischenzeit verpasst habe, der bestmögliche Vater zu sein, immer unbeholfen, mit zu teuren Geschenken, immer deines Blickes eingedenk, der mich taxiert, verwundert vielleicht über so viel Hilflosigkeit und Angeberei.)

Als meine Mutter erfuhr, dass sie krank war, hat sie mich angerufen. Ich erinnere mich deutlich an dieses Gespräch. Ich habe meine Marschpapiere gekriegt, hörte ich ihre Stimme sagen, noch bevor sie mich begrüßt hatte. Natürlich zweifelte ich an der Diagnose, wandte ein, dass sie eine zweite Meinung einholen, dass man abwarten müsse, sie aber wollte von alldem nichts hören. Sechs Monate höchstens hatte der Arzt ihr gegeben. Schon in diesem Gespräch fühlte ich: Sie zog sich diese Krankheit, dieses Schicksal an wie ein Kostüm. Einmal noch den sterbenden Schwan spielen. In ihrer Jugend hatte sie Schauspielunterricht genommen.

All das passierte schon in Ellerbach. Vielleicht sagt es dir etwas, auch wenn mich das überraschen würde. Ich habe in diesem Städtchen und nicht in Hamburg meine Kindheit verbracht, weit weg von der Vermeerstraat und von der Elbe mit den stumm vorwärts ziehenden Ozeanriesen. Nach Henks Entführung war Marlene geflohen, fort aus Hamburg, irgendwohin, an den ersten Ort, an dem sie ein Auskommen fand. Sie hatte ihr Studium nach meiner Geburt abgebrochen, Henk sorgte ja fürs Geld. Jetzt fand sie eine Anstellung in einem alternativen Kindergarten in Ellerbach, im Norden Deutschlands. Das waren die siebziger Jahre, damals gab es sowas. Experimente unter Bürgerkindern. Eine Freundin hatte sie empfohlen. Marlene ließ sich dort nieder mit mir und meldete mich gleich im sogenannten Kinderladen an.

Ich kann sie noch sehen, damals: Sie war eine schöne Frau – zweiunddreißig Jahre alt, schlank, herzlich und trotzdem distanziert, mit langen, braunen Haaren und einem sehr regelmäßigen, strengen Gesicht, das sich oft durch ein Lachen aufhellte. Sie schien mir immer irgendwie auf Besuch zu sein, so, als wäre sie gerade erst aus der Großstadt aufs Land gekommen.

Nach außen hin verlief Marlenes zweites Leben alles andere als spektakulär. Sie hatte bald genug von dem Chaos und Dreck der Kleinen. Eine Zeitlang arbeitete sie danach in einer Buchhandlung für esoterische Literatur. Schon immer hatte sie eine Ader fürs Spirituelle und war fasziniert von den Geheimnissen der Pyramiden, von Horoskopen und Mysterien und Bergkristallen. Beim Ausräumen ihrer Wohnung habe ich einige dieser Bücher gefunden, allerdings in der zweiten Reihe, verdrängt von einer späteren Leidenschaft für russische Geschichte und Literatur. Sie bekam immer verträumte Augen, wenn sie über Russland sprach (ein Russland des neunzehnten Jahrhunderts, das nichts gemein hatte mit der gegenwärtigen Politik), obwohl sie zeit ihres Lebens nicht dort gewesen ist. Womöglich hat sie es nicht getan, um ihr Idealbild nicht zu verlieren.

Verzeih mir bitte, wenn sich ein etwas ironischer Unterton in diese Sätze einschleichen sollte: Das ist meine Geschichte mit ihr, unsere Auseinandersetzungen über Gott und die Welt, die mir da die Feder führen. Wir haben oft gestritten, als ich älter war, obwohl wir uns auch immer wieder versöhnt haben, bis zuletzt, bis in die allerletzten Wochen, als unsere Kommunikation vom Schatten ihres Endes erdrückt wurde und wir kaum noch wirklich miteinander sprechen konnten, sogar wenn das Morphium, das ihr in die Venen sickerte, ihr einen luziden Moment erlaubte. Damals aber, als ich ein Kind war, war sie mir eine wunderbare Mutter.

Ich muss aufhören für heute. Es ist spät. Nur eins noch: Ich will, dass du noch etwas bekommst, zusammen mit diesem Brief, ein Bild, das einmal Marlene gehörte. Du kennst es, jetzt schon, es steht neben meinem Schreibtisch, allerdings dick verpackt in braunes Packpapier. Xenia findet es scheußlich, ich glaube, es macht ihr Angst, dabei ist es wirklich gut und gar nicht beängstigend, wenn es einen auch einigermaßen beunruhigen kann, sieht man es länger an. Ich werde es in meinem Zimmer aufhängen, wo sie es nicht oft sieht.

Das Bild stammt aus dem achtzehnten Jahrhundert und zeigt einen Sturm vor der holländischen Küste. Ein Schiff ist auf einen Felsen gelaufen, die Masten stehen mit dramatischer Schlagseite gegen den zornigen Himmel, die Besatzung, kaum mehr als Punkte im gewaltigen Strudel von bleiernen Wolken und sprühender Gischt, ruft mit ausgestreckten Armen nach Rettung, und am Strand machen sich Männer bereit, in die mörderische See zu stechen, um das Wrack zu erreichen.

Eine seltsame Schönheit liegt in diesem Moment, aber auch eine Drohung. Damals stellten Strandräuber nachts starke Laternen auf die Dünen, da, wo die gefährlichsten Klippen waren, um Schiffe zu täuschen und auszurauben, wenn sie in Seenot gerieten. Die Mannschaften wurden erschlagen. Es ist unmöglich zu sagen, ob die heroischen Figuren am Strand sich anschicken, die Seeleute zu retten oder zu ermorden.

Es ist ein seltsames Sujet, aber das Bild ist hervorragend gemalt mit seinen dunkel geballten, voluminösen Wolken und seinen Wellen, deren Tosen man beinahe hören kann. Jeder, der schon einmal bei Sturm am Strand war, kennt diesen Donner, den Wind, der einem den Atem verschlägt. Ich möchte, dass du es bekommst, weil es Marlene viel bedeutet hat. In ihrem deutschen Exil hat es sie an die See erinnert, die sie immer geliebt hat. Sie war ja selbst gestrandet, wie ihre Mutter in Holland gestrandet war.

Ich werde noch spazieren gehen, bevor ich mich hinlege, um die Wogen der Gedanken und Eindrücke, die in meinem Kopf herumschwappen, etwas zu glätten. Morgen wird ein großer Tag.

Morgen wird ein großer Tag!, hatte Mutti zu Marlene gesagt. Mein großes Mädchen wird neun Jahre alt! Es war 1951, mehr als ein Jahr nach ihrer Ankunft in der Vermeerstraat.

Als sie von der Schule nach Hause ging, war sie zum ersten Mal seit langem glücklich. Sie schrieb die besten Aufsätze der Klasse und begann fast, sich ein bisschen zu Hause zu fühlen. Das Wetter war wie in Hamburg. Es regnete, es war kalt. Schwere Wolken querten den Horizont. Sie zog ihren blauen Mantel enger um sich. Eine Frau mit einem großen Hund kam an ihr vorbei. Komisch, dachte sie, die meisten Leute hier haben kleine Hunde, kleine Tiere für ein kleines Land.

Das erste Stück traf sie im Nacken, wie ein kleiner Schlag von hinten. Dann prallte etwas von ihrer Schulter ab, dann von Kopf, Brust, Kopf.

Rot mof, Rot mof!, sangen die Jungen.

Rot mof, Rot mof! Scheißdeutsche. Feindeskind.

Hundescheiße kam durch die Luft geflogen. Um sie herum die kreischenden Gesichter ihrer Schulkameraden, schreiend, drohend, Augen und Münder und Fäuste. Sie drehte sich, wehrte ab, suchte einen Ausweg, fühlte, wie ihr etwas ins Haar gedrückt wurde, riss sich los, rannte, weg, nur weg.

Sie zitterte, als sie endlich stehen blieb, zitterte am ganzen stinkenden Körper. *Rot mof.* Es war schon fast dunkel. Trotz der Kälte wartete sie bis zur Abenddämmerung. Dann schlich sie nach Hause, aber nicht über die Vermeerstraat, sondern über die Wiesen, über die Weiden, zum Garten hin. Es war spät, Mutti würde schimpfen. Es hatte wieder zu regnen begonnen.

Als sie am schmalen Entenflott-Kanal angekommen war, der den Garten von der Wiese dahinter trennte, rutschte sie aus und stand plötzlich im Wasser. Die guten Schuhe! Dann kam ihr ein Gedanke. Mutti durfte nichts davon mitbekommen, Mutti, die auf der Straße angespuckt worden war, die keine holländischen Worte formen konnte, Mutti, die so allein war. Sie durfte nichts davon wissen.

Mit beiden Beinen stand Marlene im Kanal. Das kalte Wasser umschlang ihre Knöchel, das Entenflott schwappte auf ihre Beine, und sie tauchte ihre Hände hinein und versuchte die Flecken auf dem Mantel zu beseitigen und die Klumpen aus den Haaren herauszuwaschen. Die Flecken blieben, sie stand da, zitternd, stumm, über und über von Schlamm und Entenflott bedeckt. Dann ließ sie sich fallen. Einen Moment lang verschlug es ihr den Atem vor Kälte, einen Moment lang schien es ihr unmöglich, wieder aufzustehen, aber dann rappelte sie sich hoch, stieg aus dem Kanal, durchquerte zitternd den Garten und klopfte an die Küchentür. Überall die kleinen Linsen, grün wie der deutsche Wald und die holländischen Weiden. Sie klopfte.

O Gott, Kind, weißt du denn, wie spät es ist?, sagte Elly, ich hab dir doch gesagt, du sollst am Kanal nicht spielen, komm sofort rein, du erfrierst mir ja, ja, wie siehst du denn aus? Ich hab dir doch gesagt ... Nicht am Kanal spielen! Immer wieder habe ich es gesagt. Hier, erstmal den Mantel, und das Wasser riecht so faulig, es stinkt, das krieg ich nie mehr raus, der schöne Mantel! Wenn ich so einen Mantel gehabt hätte, als ich in deinem Alter war! Und das grüne Zeug! Wenn nur die Flecken nicht bleiben. Zieh ihn aus! Alles aus! Du holst dir den Tod, Kind, du holst dir noch den Tod bei deinen Spielen! Raus aus den nassen Kleidern und ins Badezimmer. Hemdchen, Schlüpfer, alles. Nimm ein Handtuch. Ich trockne dich ab, ich rubble dich warm, wie du zitterst! Ich lass dir ein Bad ein, du zitterst ja am ganzen Leib, wie lange warst du da draußen, und noch dazu im Dunkeln? Du holst dir den Tod. Hier. Leg dir das Handtuch um, setz dich hin, ich nehm die Kleider. Warte.

Elly stieg die Treppe hinunter, ein Bündel nasser Kleider in der Hand. Ihre Tochter kauerte im Badezimmer, nackt und klamm unter dem großen Badetuch. Das Zittern wurde stärker, ihr Körper schüttelte sich, und sie spannte all ihre Muskeln an, um ihn zur Ruhe zu zwingen, die Lippen zusammengebissen und blau. An ihren Schenkeln, auf ihrem Oberkörper, an ihren Armen klebten kleine grüne Knöpfe. Wie Sand waren sie.

Heißes Wasser rauschte in die Badewanne.

Ben verließ das Hotel. Es nieselte leicht, Tropfen wie Insektenschwärme um die Laternen. Plakate an einer Litfaßsäule leuchteten ins Schwarze. *Lichaam* stand auf einem. Eine Zeichnung war darunter, die ihn an etwas erinnerte. Ich sollte ins Museum gehen, dachte er aus professionellem Pflichtgefühl, sollte mir Ausstellungen ansehen.

Ben knöpfte seinen Mantel zu und schritt zügig voran, irgendwohin, die Hände in die Taschen vergraben. Seine rechte Hand stieß auf etwas Hartes. Saschas Spiderman-Figur aus Plastik. Er wird sie vermissen, dachte Ben und steckte die Figur zurück in die Tasche. Gestern, zu Hause, hatte er Sascha vom Kindergarten abgeholt und ihm die Jacke angezogen. Spiderman war aus der Tasche gefallen, und Ben hatte ihn eingesteckt. Heute hatte er noch nicht mit Sascha gesprochen. Er hatte es probiert, aber Xenia ignorierte seine Anrufe, und dann hatte er aufgegeben und die Zeit des Schlafengehens übersehen. Idiot. Er hatte nicht mit seinem Sohn gesprochen, weil er ihm einen Brief schrieb, weil er einem Unbekannten, der in Zukunft seinen Namen tragen würde, einen Brief schrieb.

Gestern Abend hatte er Sascha noch selbst gebadet und ins Bett gebracht. Sascha hatte darauf bestanden, dass nur Papa ihn badete und vorher noch mit ihm kämpfte. Sascha war Spiderman. Ben chancenlos. Mit dieser kleinen Figur in der Hand kämpfte er gegen Ben, und in diesem Kampf lag mehr Wut, als gut war. Das Kind litt unter ihren Streitereien.

Es war Bens Aufgabe zu verlieren. Väter müssen verlieren. Sie kämpften immer wieder, bis Sascha müde wurde und anfing zu weinen, bis Xenia ins Kinderzimmer kam und sie ermahnte, dass Sascha endlich ins Bett müsse, und dann trug Ben ihn ins Bad, zog ihn aus und stellte ihn in die Wanne. Die ganze Zeit beschäftigte er ihn, so gut er konnte, er kalberte mit ihm herum, wie man das in seiner Familie genannt hätte. Sascha mochte nicht duschen. Als er vor ihm stand, der kleine Körper nackt in der Badewanne, weich und verwundbar, brach Ben plötzlich in Tränen aus.

Papa, warum weinst du denn?

Ich bin nur ein bisschen traurig, sagte Ben, das vergeht gleich wieder. Er lächelte ihn an und begann ihn abzutrocknen. Saschas Gesicht war vom warmen Wasser erhitzt, leuchtend meergrüne Augen, die blonden Locken nass auf der Stirn klebend, das weiße Handtuch wie ein Umhang um seine Schultern, der Bauch gewölbt über dem kleinen Glied. Er legte seine Arme um Bens Hals und drückte ihn fest an sich.

Wenn du willst, kann ich dir meinen Spiderman leihen, sagte er.

Eine Regenböe erfasste Ben, als er um eine Ecke bog. Er lehnte seinen Körper in den Wind. Er liebte dieses Gefühl, die Nässe auf dem Gesicht, die ihn erfrischte, der Widerstand, gegen den er ankämpfte. Diese Stadt war für ihn immer die Freiheit gewesen.

Eine Kindheit lang war Ben während der Schulferien nach Den Haag gefahren, in die Vermeerstraat, in der alles calvinistisch sauber war. Perlenketten und Krawatten. Dauerwellen gelegt, Rasen gemäht, Vorzimmer aufgeräumt. Fensterrahmen leuchteten frisch und weißgestrichen gegen den Backstein. Nur Ellys Haus, Veenstras Haus, hatte schwarze Fensterrahmen, aus irgendeinem Grund, immer schon.

Elly war eine lebenslustige junge Frau gewesen, als sie hier eingezogen war. Ihr trompetendes Familienlachen (ho-ho-ho-hooooo! aufsteigend zu einem Hahnenkrähen) schallte durch das Haus. Veenstra hatte sie ermahnt. Was werden die Nachbarn sagen? Und überhaupt. Als Deutsche. Ja keine Aufmerksamkeit erregen. Besser den Kopf gesenkt halten, den Ausschnitt zugeknöpft. Elly begann hinter vorgehaltener Hand zu lachen, oder in ein Taschentuch. Sie war gerade sechsundzwanzig, Mutter und Ehefrau. Ihr Mann war neunundfünfzig, behutsam, herzkrank. Manchmal überkam sie das Lachen grundlos, beim Metzger oder in der Bibliothek. Dann musste sie in ihr Taschentuch beißen und sich abwenden. Sie lachte und lachte, konnte sich kaum beherrschen. Mit den Jahren blieb ihr das Lachen im Hals stecken, nur manchmal gluckste es aus ihr heraus, unaufhaltsam, wie aus einem unterirdischen Kanal.

Nach Veenstras Tod war das Familienlachen wieder da, aber es war zu spät, Elly hatte das Alter verpasst, das ihr immer das schönste erschien, das Alter, in dem ihre Tochter jetzt gerade war, dieses Blühen, diese Leichtigkeit, diese Schönheit, die sie nicht ertragen konnte. Dabei war sie noch immer attraktiv. Sie wusste es. Sie spürte es an den Blicken der Männer. Sie war noch nicht unsichtbar geworden. Sie würde es nicht zulassen, dass sie eines Tages einfach verschwand wie andere Frauen.

Mit der Zeit wurde Ellys Erscheinung auffälliger. So erinnerte sich Ben an sie: Mit ihrer blonden Perücke, den großen Sonnenbrillen und tiefrotem Lippenstift, den keine andere Frau hier trug, trotzte sie ihrer Einsamkeit Respekt ab. Der Mut dazu kam aus einer Flasche Tio Pepe, dem billigsten Sherry aus dem Supermarkt. Mein Hausfreund, nannte sie ihn und legte ihre Hand zärtlich um den Flaschenhals. Anfangs hatte sie sich noch bemüht, einen Anlass zu finden – einen kleinen Schluck zum Tee, einen Aperitif, etwas für die Verdauung, etwas für die Nerven –, aber bald warf sie sich ihrem Hausfreund schon morgens in die Arme. Nachdem Marlene ausgezogen war, nachdem sie sie verlassen hatte, ihrem Schicksal überlassen, allein in einem fremden Land, half ihr Tio Pepe durch die endlosen vertrockneten Stunden, machte sie erhaben über die blasse Anständigkeit, die um sie herum herrschte.

Schon vor dem Aufstehen stärkte sie sich mit einem Glas, das sie am Abend vorher auf dem Nachttisch bereitgestellt hatte. Mehr und mehr zog sie sich überhaupt ins Schlafzimmer zurück. Die schmucken Empfangsräume unten, mit ihren Antiquitäten und den schweren Vorhängen, mit der Sitzecke und dem Barockschrank, der gravitätisch tickenden Standuhr und dem Mahagoni-Esstisch und dem Tisch mit dem Teppich im vorderen Zimmer, an dem Veenstra die Zeitung studiert hatte, waren seit seinem Tod fast unverändert geblieben. Auch wenn sie seinen Geschmack und Stil von Anfang an gehasst hatte, zog sie die Standuhr noch jeden Tag auf. Es waren nicht ihre Möbel dort unten; es war die Bühne, auf der sie ihren seltenen Besuchern gegenüber die Witwe gab. Ein stummer Diener mit Drinks stand immer bereit: Whisky, Cognac, Vermouth, Martini. Elly rührte diese Flaschen kaum an. Sie hatte ihren Hausfreund.

Ben hasste die Besuche bei seiner unberechenbaren Großmutter. Einen Moment lang war sie überschwänglich und sentimental (»Er hat ja keinen Vater mehr, das arme Kind!«), drückte ihn an sich mit ihrem Geruch nach Talkum-Puder und süßem Parfüm und den toten Perücken-Haaren um ihr Gesicht, und gleich darauf rollte sie die Augen und schimpfte streng, dann wieder ignorierte sie ihn vollkommen.

Er hatte das Gefühl, dass er in dem engen Haus ersticken müsste, in dem er nichts berühren durfte, in dem alles alt war und muffig roch. Er konnte nur entkommen, indem er über den kleinen Kanal am Ende des Gartens sprang. Manchmal erreichte er das andere Ufer nicht, und er rutschte mit einem

Schuh ins Wasser, und wenn er ihn rauszog, war er von grünem Entenflott bedeckt wie von einem Schuppenpanzer. Auf einem Trampelpfad schlich er zum Einkaufszentrum, wo auf dem Sportplatz daneben nachmittags die anderen Jungen Fußball spielten. Sein Fuß schmatzte in dem nassen Schuh. Würden sie ihn mitspielen lassen? Vielleicht merkten sie gar nicht, dass er nicht von hier kam.

Großmutter Elly wurde wütend, wenn sie ihn dabei erwischte, dass er über den Kanal sprang. Sie wurde oft wütend. Er könnte ertrinken, sagte sie, er könnte entführt werden, es gäbe schlimme Leute da draußen, Mitschnacker und Perverslinge und Kindermörder, auch hier, auch in der Vermeerstraat, in der alles so ordentlich war. Er konnte verprügelt werden oder Schlimmeres, und manchmal hatte er Angst, aber er schlich sich immer wieder fort. Seine Mutter wusste davon und schwieg. Wenn Elly nachfragte, wo er denn sei, log sie sogar für ihn und sagte, sie habe ihn zum Einkaufen geschickt. Elly fragte nicht nach, auch wenn er ohne Einkäufe nach Hause kam. Vielleicht hatte sie es vergessen, ausgelöscht von einem Glas Sherry, vielleicht war sie im Geheimen auch auf seiner Seite.

Mit siebzehn entdeckte Ben Amsterdam. Er war vorher mit seiner Mutter ein-, zweimal dort gewesen, für einen Nachmittag jeweils, aber eigentlich hatte sie die Stadt immer gemieden. Meine Studentenzeit ist nicht immer glücklich gewesen, hatte sie ihm gesagt, manche Orte bergen schlechte Erinnerungen. Und außerdem: Das ist nicht mehr das Amsterdam, das ich vom Studium her kenne. »Das«, das waren die Coffeeshops, die Huren in den Auslagen und die bekifften Hippies in der Innenstadt. Sie verriet ihm nicht, dass sie selbst mal so ausgesehen hatte, und er sagte ihr nicht, dass er längst wusste, dass sie früher einmal anders gewesen war, damals, vor der Entführung. Einige Monate lang hatten sie sogar in einer Kommune an der Herengracht gelebt, in einem besetzten Haus ohne Heizung und fließendes Wasser. Für Marlene hatten sich die Dinge geändert. Jetzt trug sie ihre Haare in einem strengen Knoten und Röcke bis übers Knie.

Bens Reaktion auf diese Wende war ein subtiler Akt der Rebellion. Er begehrte nicht offen auf, während seiner Jugend kleidete er sich sogar auffallend konservativ, mit gebügelten Hemden und ordentlichem Scheitel, er war höflich, machte regelmäßig seine Schulaufgaben. Seine Klassenkameraden nannten ihn Streber, aber sie begriffen nichts, wie immer. Er bot keine Angriffsfläche, keinen Anlass für die erhöhte Aufmerksamkeit Erwachsener. Sie ließen ihn in Ruhe, lobten ihn sogar manchmal. Sollten sie doch einen Streber in ihm sehen.

Seine früh ausgeprägte Liebe zur Malerei weckte den Neid von Eltern, deren Söhne sich für nichts anderes als Fußball und Pornohefte interessierten. Mütter legten ihren Söhnen nahe, sich ein Beispiel an ihm zu nehmen, und ermunterten sie, ihn nach Hause einzuladen, was ihm wenig Sympathie eintrug. Sie täuschten sich in ihm. Unter dem braven Äußeren brannte dasselbe Feuer, nur wurden seine jugendlichen Selbsterkundungen begleitet von Rembrandt, van Dyck, Velázquez und Tizian. Seine erste Liebhaberin war Venus selbst, die Rokeby-Venus, um genau zu sein, die begehrenswerteste Frau, die er je gesehen hatte.

Unbewusst half Elly ihrem Enkel bei diesem Rückzug ins innere Exil. Drei Häuser weiter in der Vermeerstraat lebte Hugo de Zwart, ein grob geschnitzter Mann mit buschigem Schnurrbart, Landkarten geplatzter Äderchen auf den Wangen und wasserblauen Augen, ein Maler, der sich den Lebensunterhalt mit Stillleben verdiente. Er malte melancholische Blumensträuße in pastosen Farben, wie es mindestens vier Generationen von Malern vor ihm getan hatten.

Hugo war der Einzige in der Straße, dem es nichts ausgemacht hatte, dass seine neue Nachbarin eine Deutsche war. Er hatte sie zum Tee zu sich eingeladen. Er lebte allein. Er unterhielt sich mit ihr, und später porträtierte er sie auch. Einmal saß sie ihm sogar nackt Modell (so prüde wie die anderen hier war sie nicht), wenn sie ihm auch nicht erlaubte, dem Frauenkörper, der da auf der Leinwand erschien, ihr Gesicht zu geben. Veenstra hätte so etwas nie verstanden und würde es nicht gutheißen, das war ihr klar. Eine öffentliche Zurschaustellung seiner Frau wäre für ihn wahrscheinlich eine größere Katastrophe gewesen als eine Affäre. Hugo verhielt sich respektvoll (unmöglich zu sagen, welche Bilder hinter seinen wässrigen Augen entstanden), verzichtete auf das Gesicht und malte einen dramatischen Schatten über Kopf, Hals und Schultern der schönen Figur. Unübersehbar war allerdings ein Muttermal, das sie in der Leistengegend hatte. Hugo verkaufte das Bild nie und stellte es auch nicht aus. Er verwahrte es zwischen halbfertigen Leinwänden in seinem Atelier. Im Laufe der Zeit holte er es immer wieder hervor, spätabends meist, nach einigen Cognacs. Manchmal glaubte er, es wäre überhaupt sein bestes Werk.

Ben hatte ein Gemälde von Hugo in seinem Ellerbacher Kinderzimmer. Hugo hatte es ihm geschenkt, als er noch klein war, im letzten Sommer vor Schulbeginn, gerade ein Jahr, nachdem sein Vater verschollen war. Es war ein seltsames Bild, das Porträt eines traurigen Clowns in monochromem, bläulichem Hellgrün, nur der schiefe Mund war so gleißend rot wie Ellys Lippenstift, ein Gesicht, auf dem alles zerfloss. Er trug ein helles Commedia-dell'Arte-Kostüm mit großen, dunklen Knöpfen und blickte resigniert vor sich hin. Marlene war unsicher, ob es passend war für ein Kind, aber Ben wollte es unbedingt in seinem Zimmer haben, und so wuchs er unter diesem traurigen Blick auf.

Mit vierzehn oder fünfzehn begann er Hugo in seinem Atelier zu besuchen. Der Maler war geduldig mit ihm, dem Enkel der Frau, die er seit Veenstras Tod diskret und regelmäßig besuchte. Dazu nahm er den Weg über das Einkaufszentrum und hinter den Gärten entlang, nicht über die Straße, wo jede alte Jungfer ihn sehen könnte. Die Leute reden. Er sprang an derselben Stelle über den Entenflott-Kanal wie Ben. Für ihn war es nur ein großer Schritt.

Hugo nahm sich Zeit für den Jungen, gab ihm Papier und Bleistift und zeigte ihm das Wesentliche – fertige Zeichnungen und Ölbilder, Stillleben und Akte –, wenn auch nicht den einen Akt. Er ließ den Jungen zeichnen, auf seinem eigenen Papier, korrigierte, gab Tipps. Heimlich tasteten Bens Finger über die Linien der Frauenkörper auf der Leinwand. Der Geruch nach Leinöl und Terpentin verfolgte ihn in seine Träume.

Es war dieser unverwechselbare und in ständiger Veränderung befindliche Amsterdamer Himmel, der Ben auf seinem Weg durch den Regen an Hugo de Zwart erinnerte und an seine eigenen Anfänge als Zeichner. Er fühlte sich Erinnerungen ausgeliefert, die mit dem Regen in den Jackenkragen tropften. Fast eine Stunde war er schon ziellos durch die Dunkelheit spaziert.

In einer Bar am Leidseplein trank er ein Bier, trank es und spielte geistesabwesend mit der Spiderman-Figur. Sie hatte bewegliche Arme und Beine und war schwer und hart, aus Plastik gegossen und augenscheinlich mit der Hand bemalt. Etwas vom Weiß der Augen war auf das Kostüm geraten. Eine Hand irgendwo in Asien hatte diesen Klecks gemacht, wahrscheinlich eine Kinderhand. Ben stellte Spiderman auf den Tisch, neben sein Glas Bier.

Spiderman, right? Der Mann neben ihm sah ihn angestrengt an, bemüht, durch den Nebel von Gras und Alkohol zu sprechen.

Yeah, Spiderman, antwortete Ben lakonisch.

Cool!, sagte der Mann, blond und rotgesichtig, that's really cool.

ZWEITER TAG

ICH HABE ZUM ersten Mal Clara besucht. Ich sage »zum ersten Mal«, weil noch weitere Besuche folgen werden. Sie hat mir nicht vertraut, hat sich sehr zurückgehalten mit dem, was sie gesagt hat, und ich bin in Panik im falschen Moment weggelaufen.

Ich platze mit dieser Nachricht ins Haus, weil sie sehr wichtig ist. Dabei kannst du nicht wissen, was dieser Besuch bedeutet. Ich werde es dir sagen, werde dir auch den Besuch selbst schildern und jedes Wort, das gesprochen wurde, soweit ich mich daran erinnere, aber vieles steht vor mir wie in Stein gemeißelt.

Die vergangenen Monate waren ein unwirkliches Hin und Her zwischen Kindheit, Sterben, Neuanfang und Zusammenbruch. Kurz nach diesem Anruf (»Ich habe meine Marschpapiere gekriegt«) wurde Marlene stationär in ein Krankenhaus aufgenommen. Jahrelang hatte sie Schmerzen. Der Arzt ihres Vertrauens, ein Homöopath mit großem Schnurrbart, sächsischem Akzent und der Ausstrahlung eines biblischen Propheten, hatte ihr geraten, tief in sich zu gehen, und ihr Zucker gegeben. Als dann die Diagnose kam, war ihr Zustand, in den Worten des Chefarztes der Onkologie, »so weit fortgeschritten, dass ich es nicht für möglich gehalten hätte, dass so etwas in einem zivilisierten Land passieren kann, es sei denn, man lebt in irgendeinem Seitental im Allgäu, auf einer Alm, jenseits aller medizinischen Versorgung«. Ich mochte diesen Chefarzt nicht.

Während meines ersten Besuchs im Krankenhaus schlief ich in ihrer Wohnung, der Wohnung, in der ich aufgewachsen bin. Marlene war eine ängstliche Frau geworden. Ich hatte den Eindruck, ihr Leben würde zunehmend in sich zusammenschrumpfen, und ich war wütend darüber, dass sie es geschehen ließ. Vor dem Foto meines Vaters (Vollbart, Rollkragenpullover und Pfeife, wie ein Kapitän) stand jetzt oft eine Kerze, die sie wahrscheinlich anzündete, wenn sie allein war.

Ich begann diesen Totenkult zu hassen, ihre Erinnerungen, selbst meinen Vater. Als sie mir zum achtzehnten Geburtstag seine goldene Armbanduhr gab, die er vor seiner Reise nach Kolumbien zurückgelassen hatte, habe ich sie jahrelang nicht getragen. Erst später habe ich sie in einer Schublade zufällig gefunden und auch angelegt. Auch heute trage ich sie, jetzt, da ich dir diese Zeilen schreibe.

Es war beklemmend, allein in der Wohnung zu sein, ein Vierteljahrhundert, nachdem ich ausgezogen war. Es hatte sich kaum etwas verändert in der Zwischenzeit. Erinnerungen standen in der Luft, griffen in jeder Sekunde nach mir. Zuerst schlief ich in meinem alten Zimmer, auf dem schmalen Bett, das ich mit zwölf Jahren bekommen habe. Ich kenne jedes Knarren dieses Bettes, jeden Winkel und jede Schattierung des Lichtes, das durch die Gardine ins Zimmer fällt, ich kenne und fühle es wie meinen eigenen Körper. Ich kenne die Stille dieses Hauses und sein leises Knacken, die innersten Regungen und das Stöhnen der Balken, wenn die Sonne über dem Dach steht.

Aber obwohl ich alles kannte – die Bücher im Regal mit den ausgeblichenen Rücken, die blaue Vase auf der Anrichte, das niederländische Sturmbild, die Töpfe in der Küche mit ihren Blumenmustern und die Kacheln auf dem Klo –, obwohl mir hier alles vertraut war, fühlte es sich doch falsch an, übertrieben und künstlich, wie das Set für einen Film über Einsamkeit. Es waren ihre Bücher, ihre Vase, sie gehörten nicht mehr zu mir, ich hatte sie längst zurückgelassen, und jetzt begannen sie an mir zu zerren, mich zurückzuziehen in Marlenes ängstliche Welt.

Nach dem ersten Besuch habe ich nicht mehr zu Hause übernachtet. Beim nächsten Mal mietete ich mich in einer günstigen Pension ein, einem hässlichen Haus mit einer Neontafel davor und Zimmern mit schweren Bettdecken, rustikalen Schränken, röhrenden Hirschen an der Wand. Hier griff keine Erinnerung mit klammen Fingern nach mir. Hier war ich in Sicherheit.

Immer wieder fuhr ich dorthin, ein Dutzend Mal innerhalb von achtzehn Monaten, vielleicht auch öfter. Marlene verfiel. Sie lag in dem Krankenhausbett mit ihrer fast transparenten Eidechsenhaut, tief eingesunken in die Kissen. Schlief sie, entspannte sich ihre Kinnlade, und es sah aus, als hätte der Tod sie schon gepackt. Aber sie klammerte sich an ihr Leben. Sie weigerte sich, über das Ende zu sprechen, das die Ärzte ihr vorhersagten. Sie verbat sich alle Besuche und gestattete es niemandem, das Wort »Tod« in ihrer Gegenwart zu verwenden. Unendlich geduldig und entschlossen unterzog sie sich einer Serie von schmerzhaften und entwürdigenden Therapien, konnte vor Erschöpfung kaum noch sprechen, klammerte sich aber verbissen an die Hoffnung auf eine baldige Genesung, die die Ärzte ausschlossen, die in ihrem Bewusstsein jedoch zur Gewissheit wurde. Sie machte Pläne. Sie beauftragte mich, Kataloge von Reiseveranstaltern zu besorgen, um ihre Heilung durch ein gemeinsames Abenteuer zu feiern (nur sie und ich, natürlich). In den wenigen Stunden, in denen sie wach war, studierte sie Prospekte: Ägypten, Indien und Irland, endlich wollte sie alte Kulturen entdecken und doch einmal nach Russland fahren. Dabei reiste sie ungern. Nach Holland waren wir gefahren, Jahr für Jahr, aber das waren keine Reisen, das war ein Nachhausekommen, auch wenn dieses Zuhause immer schwierig war, umkämpft von widersprüchlichen Gefühlen. Mit einem neuen Freund war sie einmal eine Woche lang in Frankreich gewesen – eine Katastrophe. Sie hatte sich nie davon erholt. Danach blieb sie ganz zu Hause. Wie gesagt: Ihr Leben schnurrte über zwei oder drei Jahrzehnte hinweg langsam, aber unaufhaltsam in sich zusammen.

Ich kann nicht richtig in Worte fassen, wie es war, sie im Krankenhaus liegen zu sehen. Du musst wissen: Deine Großmutter war eine außergewöhnlich schöne Frau, sogar während dieser letzten Wochen, fast ohne Haare, ohne Augenbrauen und abgemagert bis aufs Skelett. Ihre Schönheit war, wie soll ich sagen, unberührt durch solche Veränderungen. Die Krankheit gab ihr auch etwas Erhabenes, als wäre ihr Gesicht zu Lebzeiten in Alabaster gemeißelt worden.

Als junge Frau hat sie mit dieser Schönheit gespielt. Sie hatte immer Verehrer, auch wenn sie Henk letztlich treu blieb. Als Henk entführt wurde, war sie erst dreißig Jahre alt und hatte ein kleines Kind zu versorgen, aber sie heiratete nie wieder und behandelte ihre gelegentlichen Affären immer mit gewissem Abstand – einem Abstand, über den ich erst jetzt mehr erfahren habe.

Als Kind bin ich ihr sehr nahe gewesen. Sie war nie richtig in Deutschland angekommen, obwohl sie kaum mehr als zehn Jahre in Den Haag gelebt hatte, entscheidende Jahre. Letztlich waren ihre Landsleute ihr fremd geworden, in Hamburg genauso wie später in Ellerbach. Ihre Ernsthaftigkeit, ihre albernen akademischen Titel. Im Grunde genommen, zitierte sie, eine Bekannte imitierend, im Grunde genommen, Herr Professor Doktor.

In Den Haag war sie immer nervös, immer übernächtigt. Sie schlief schlecht in der Vermeerstraat, zu viele Dinge drangen in ihre Träume ein. Nach spätestens zwei Stunden stritt sie sich aller guten Vorsätze zum Trotz mit Elly, aber sie konnte es ihr nicht antun, sie ganz vereinsamen zu lassen. Ihre Mutter brauchte sie, sie brauchten einander und das Ritual ihres Streits.

Marlene sehnte sich nach dem einfachen Leben in Deutschland. War sie aber in Ellerbach, war alles anders.

Holland war plötzlich das gelobte Land, das Vaterland, das Land meines Vaters. Sie spürte den holländischen Wind noch in ihren Haaren und vermisste die pragmatischen Menschen ihrer Kindheit, auch wenn sie immer Feindeskind geblieben war, vielleicht deswegen: Sie wurde schneller, leidenschaftlicher, gründlicher Holländerin, als man sich das vorzustellen vermag. Sie wurde die Klassenbeste. Ihr Holländisch war akzentfrei und bewundernswert, und ohne ihre Mutter ging sie glatt als Einheimische durch. Auch wir haben dort nur Holländisch gesprochen, und sie hat mir ihre Angst vererbt: Wenn ich das dunkle Haus in der Vermeerstraat heimlich verließ, um mit anderen Jungs Fußball zu spielen, freute mich nichts mehr, als nicht danach gefragt zu werden, woher ich kam. Die Sprache stellte mir Fallen. Trotz meiner guten Aussprache schlichen sich immer wieder deutsche Spione in meine Sätze. Die anderen beobachteten mich aus den Augenwinkeln, unsicher, abwartend. Dies war das Gelobte Land, und ich biss mir auf die Zunge, der ich nicht vertrauen konnte.

Es war das Gelobte Land. Für Marlene war in Holland alles so, wie die Dinge eben zu sein haben. Sie hatte hart daran gearbeitet, nicht aufzufallen und ein Teil dieses Landes zu sein. Sie liebte die eiligen Wolken, die salzige Luft, sie fühlte Nostalgie für Sinterklaas und Oliebollen, Gouda und das Königshaus, die kühl amüsierte Nüchternheit des Landes. *Doe maar gewoon, dan ben je al gek genoeg* – benimm dich normal, dann bist du verrückt genug. Nicht auffallen, keine Umstände. Dabei mochte sie nichts mehr als Aufmerksamkeit. Als die Königin einmal ihre Schule besuchte, durfte Marlene ihr einen Blumenstrauß überreichen – Klassenbeste und Aufsatzpreis sticht Feindeskind. Oft hat sie mir davon erzählt. Sie war glücklich in diesem Land, entspannte sich, wenn sie nicht in der Vermeerstraat war, sondern draußen, bei einem der Ausflüge, die wir damals häufig unternahmen, um für ein, zwei Stunden wegzukommen.

Besonders liebte sie es, mit mir an den Strand zu fahren, vierzig Minuten mit dem Fahrrad durch die Dünen, und dann das Rauschen des Wassers und der Wind in den Haaren. Natürlich sind wir auch an sonnigen Tagen an den Strand gefahren, aber am schönsten war es, wenn der Wind die Brandung hochpeitschte und das Meer seine Macht zeigte. Da war sie wirklich glücklich, so ausgelassen wie am Strand habe ich sie sonst nie erlebt; ein Mädchen, lachend und albern, rennend, bis sie ganz außer Atem war und dann wieder still und scheinbar weit entfernt und in sich verloren vor mir hergehend, immer weiter, bis ich zu ihr lief und mich einhakte und wir Arm in Arm weitergingen bis zum Strandcafé, in dem bei solcher Witterung kaum ein Mensch war. Dort tranken wir heiße Schokolade. Sie gehörte dazu, ein letzter Moment des Glücks und der Freiheit. Wir saßen zusammengekauert hinter der Glasscheibe, der Wind drückte herrisch gegen das Fenster und winselte durch die Ritzen, wir aber waren im Warmen, geschützt.

Hier war Marlene glücklich, für die Dauer der Schulferien, glücklich und unglücklich zugleich, denn die Abende um den Mahagoni-Esstisch in der Vermeerstraat waren quälend. Hatte Elly schon zu viel getrunken, wurde sie aggressiv und gehässig. Sie wusste, womit sie ihre Tochter treffen konnte, es war ihre zweite Natur. Ihre Tochter, die Gescheiterte, die Heimatlose, die Verräterin.

Warum fahren wir dann immer wieder zu ihr?

Weil sie meine Mutter ist. Weil sie uns braucht.

Aber sie will uns doch gar nicht bei sich haben!

Doch, das will sie. Sie ist einsam. Das macht Menschen ungerecht. Sie meint es nicht so.

Ich glaube, sie meint es so, wie sie es sagt.

Und außerdem: Wir haben's doch schön in Holland.

Aber nicht bei ihr!

Benny, sag sowas nicht. Sie ist doch meine Mutter!

Sie lächelte, als ich das Krankenzimmer betrat, bewegte die Lippen, brachte aber kein verständliches Wort heraus und sackte bald wieder weg. Erst Stunden später tauchte sie wieder auf aus ihrer Trance. Ihr Mund war so trocken, dass ich ihn erst befeuchten musste, bevor sie sprechen konnte. Künstlicher Speichel aus einer kleinen Plastikflasche. Ich freu mich so!, flüsterte sie, kaum hörbar durch das Zischen des Sauerstoffs aus dem Schlauch unter ihrer Nase, und nahm meine Hand. Da war sie wieder, diese Nähe.

Ich sah sie daliegen, einen Schatten, gepeinigt nach allen Regeln der ärztlichen Kunst, ohne ihre ehemals schönen, braunen Haare, die so schnell weiß geworden und dann ausgefallen waren. Ich sah die Infusion, die langsam in ihre Venen tropfte, hörte den Sauerstoff, der in ihrer Nase zischte, und sah den Beutel, der an ihrem Bett hing und sich langsam mit einer trüben Flüssigkeit füllte, blutig, gelbrotbraun. Ich sah sie atmen wie den kleinen Vogel, der aus dem Nest gefallen war und den ich als Kind einmal auf dem Schulweg gefunden hatte, sah die kaum wahrnehmbaren, krampfhaften Bewegungen ihres Brustkorbs. Es dämmerte, das Licht im Raum wurde schmutzig grau. Die Blumen, die Bekannte ihr geschickt hatten, standen auf dem Tisch am Fußende des Bettes wie welkende Stelen ferner Götter.

Früher, sagte sie plötzlich, früher wolltest du mal nach Kolumbien. Du wolltest wissen, was genau passiert ist, damals.

Das war früher, antwortete ich.

Damals hatte ich Angst, und ich habe dich nicht fahren lassen.

Stille. Sauerstoffzischen.

Fahr hin, flüsterte sie endlich.

Jetzt gleich?

Wenn du Zeit hast. Finde raus, was gewesen ist.

Ich weiß gar nicht, ob ich das wirklich will.

Doch, doch, du sollst fahren.

Das war eins unserer letzten Gespräche. Das Morphium wirkte in Wellen, und sie glitt immer wieder aus dem Wachsein in eine Zwischenwelt, in der sie halb schlafend und murmelnd dalag. Manchmal fuhr sie dann mit einem Ruck auf und sah mich an und fragte mit größter Dringlichkeit, ob ich dies oder jenes erledigt hätte. O Gott, Junge, hast du die Blumen gegossen? Hast du auch Milch gekauft? Die gelbe

Bluse, ist die gewaschen? Dann wieder war sie minutenlang voll wütender Kraft. Nie kommst du mich besuchen!, begrüßte sie mich, ich verbringe meine Zeit hier völlig allein. Du bist der Einzige, den ich habe, und trotzdem kümmerst du dich nicht um mich. Nie kommst du zu mir. Ich bin immer für dich da gewesen, sagte sie, das Gesicht von ihm abgewandt. Immer.

Natürlich stimmte das nicht. Natürlich kam ich, sooft ich konnte, so oft, dass Xenia es mir übelnahm und mir vorwarf, ich würde mich wie immer von ihr manipulieren lassen. Ihre Stimme war verhalten, als sie das sagte. Sie hielt sich mit enormer Anstrengung zurück.

Es fällt mir schwer, über deine Mutter zu schreiben, obwohl oder weil ich sie noch immer liebe. Sie hat sehr hart gearbeitet in den letzten Jahren, riesige Anstrengungen unternommen, und ihre Arbeit hat Früchte getragen. Sie ist erfolgreich geworden, hat eine Professur bekommen und eine Arbeitsgruppe, großzügig finanziert von verschiedenen Stellen. Sie hat es geschafft.

Wie verräterisch, dass ich damit anfange! Was ich nicht sagen will, was ich nicht sagen will und dennoch überdeutlich sage, ist, dass sie nicht mehr die Xenia ist, die ich vor zehn Jahren getroffen habe, dass auch ich nicht mehr der bin, der ich damals war. Die harte Arbeit und die Zeit haben ihren Tribut gefordert. Lange Tage, hektische Reisen, angespannte Wochen, wenn sie an einem Artikel schrieb oder endlose Formulare ausfüllen musste, um Geld zu kriegen für ihre Forschung, stundenlange Sitzungen und Nachtschichten in meiner Agentur. Es gab kaum Zeit für etwas anderes. Auch deine Ankunft war nicht geplant, ein Versehen, das uns dann für kurze Zeit sehr glücklich machte.

Irgendwie haben wir es manchmal dennoch geschafft, so etwas wie eine Familie zu sein, in den wenigen Stunden der Woche, die uns neben unserer Arbeit blieben. Aber dann ist die Kraft ausgegangen. Wir haben uns nicht mehr eingelassen auf dieses Spiel, auf dieses Glück, es war zu viel am Ende eines langen Tages. Nicht, dass das etwas geändert hätte. Es ist einfach immer weitergegangen, Tag für Tag, Woche für Woche, Monat für Monat, exakt geplant nach Abholzeiten, Kindergarten, Waschen und Einkaufen und Herumrennen und dies tun und das tun, durchgetaktet bis auf die Minute. Abends sitzen wir da mit unseren Tablets und wischen uns durch Bilder und Texte, die wir gleich wieder vergessen, die wir eigentlich nie kennen wollten, beide stumm, mit einem Glas Wein, gleiten entlang auf der Oberfläche der Bilder, bis wir uns endlich geschlagen geben und ins Bett fallen, wo wir in bleiernem Schlaf liegen (deine Mutter nimmt oft Schlaftabletten, weil sie sonst nicht aussteigen kann aus dem Karussell in ihrem Kopf), bis der Wecker am Morgen piept, oder bis du mit weichen, kalten Füßen zu uns ins Bett gekrochen kommst. Und dann, wenn ich dich fühle, deinen kleinen, ruhelosen Körper, der sich an uns schmiegt, dann fühlt es sich für einen Moment so an, als wäre das alles richtig.

Ich springe hin und her in diesem Bericht, ich kann dem, was ich schreibe, keine Ordnung aufdrücken, folge den Erinnerungen und Ereignissen, die mich herumjagen.

Du sollst die Dinge so hören, wie sie geschehen, so verworren, wie sie für mich sind. Klarheit kommt später, und mit ihr kommt die Beschwichtigung, die kleine Lüge, das korrigierende Adjektiv. Wenn ich aber ehrlich sein will, muss ich aus dem Moment heraus erzählen. Du musst mir also folgen durch meine Abschweifungen, und ich muss versuchen, mich zumindest etwas zu disziplinieren. Also: Wir waren im Krankenhaus, an Marlenes Bett oder vor ihrem Zimmer. Einer der Momente, an die ich mich glasklar erinnere.

Ihre Mutter wird dieses Zimmer nicht mehr verlassen, sagte der Oberarzt auf dem Korridor, das habe ich ihr auch mitgeteilt. Sie hat mich nur angelächelt, und es war, als würde sie überhaupt nichts hören, und bei der Dosis Morphium, die sie inzwischen bekommt, ist es auch keineswegs sicher, ob sie es tatsächlich verstanden hat. Ich habe es schon mehrmals versucht. Sie muss begreifen, was vor sich geht. Auf Sie hört sie doch, drängte er, reden Sie nochmal mir ihr. Es ist wichtig, dass Ihre Mutter versteht, dass sie am Ende angekommen ist, dass sie Vorbereitungen trifft und sich auch selbst psychologisch vorbereiten kann.

Sie erzählt mir immer nur von neuen Therapien, entgegnete ich.

Sie ist jenseits aller Therapien. Sie weiß das, will aber nicht hören. Das, was noch gemacht wird, ist aus medizinischer Sicht aussichtslos, und angesichts der Nebenwirkungen schadet es mehr, als es nützt. Wir behandeln sie nach allen Regeln der Kunst, aber es wäre besser, wenn sie selbst einsehen könnte ...

Der Doktor sah mich bittend an.

Ich versuche es. Schweren Herzens.

Ich öffnete die Tür zum Krankenzimmer. Marlene war wach.

Wir müssen etwas besprechen, sagte ich. Ich habe gerade mit dem Oberarzt gesprochen. Er sagt ...

Der Chefarzt sagt, mit etwas Glück bin ich schon in sechs Monaten hier raus, erklärte sie triumphierend.

Hat er das gesagt?

Natürlich hat er das gesagt. Glaubst du, ich würde sowas erfinden?

Nein, aber ...

Er weiß eben mehr als diese jungen Ärzte, die glauben, dass sie alles verstanden haben. Er hat Erfahrung. Menschenkenntnis!

Es ist keine Frage der Menschenkenntnis ...

Ach was, es hat ja keinen Sinn, wenn du ihm nicht glauben willst ... Diese jungen Kerle mit ihren Tests und Werten und Markern verstehen doch gar nichts. Die kommen von der Schule und ...

Mach es mir doch nicht schwerer, als es ist! Wir müssen realistisch sein, du musst entscheiden ...

Dir noch schwerer ... mach es dir nicht schwerer. Geht es darum?

Tiefe Kränkung stand in ihrem Gesicht. Sie sah aus, als würde sie in Tränen ausbrechen.

Ich verstehe, fügte sie leise hinzu. Es wird dir zu viel, immer hierherzukommen. Es behindert deine Arbeit, und deine Frau wird nicht ...

Lassen wir das doch.

Marlene sah mich einen Moment lang an, dann drehte sie sich weg.

Red keinen Unsinn, lenkte ich ein, natürlich wird es mir nicht zu viel, aber wir müssen reden, wir müssen uns darüber im Klaren sein, wie es weitergeht, du musst dir Gedanken machen darüber, es hat keinen Sinn, die Augen zu verschließen.

Sie begann lautlos zu weinen. Ich bin müde, sagte sie endlich, ich bin nur noch müde, ich muss schlafen. Ich kann nicht, kann nicht über sowas ... ich bin müde, lass mich doch einfach schlafen!

Sie redete in ihr Kissen.

Es kann noch einige Tage so gehen, sagte der dürre Stationsarzt, als ich aus dem Zimmer trat. Marlene war wieder in ihr Morphiummeer abgetrieben oder eingeschlafen. Der Stationsarzt hatte mich gleich angehalten, die Türklinke war noch in meiner Hand, und er hatte angefangen, eindringlich zu sprechen. Sie hat noch wenige Tage oder vielleicht auch nur einige Stunden. Möglich, dass sie noch ein paar Wochen hat. Das kann niemand sagen. Der trivialste Anlass reicht jetzt aus, und es kommt zu einer Kette von Zusammenbrüchen und systemischem Versagen, die nicht mehr aufzuhalten sind. Das Einzige, was wir jetzt noch machen können, redete er weiter, ist, ihr immer stärkere Dosen Morphium zu geben, das aber hält ihr Körper nicht lange aus, und man muss ...

Er stockte, suchte in meinen Augen nach einer Antwort. Ich hörte den Gedanken zu, die mir durch den Kopf gingen. Ich dachte an die Momente der Nähe, die ich mit ihr gehabt hatte, und sagte:

Geben Sie ihr so viel Morphium, wie Sie als verantwortlicher Arzt für nötig halten. Das Wichtigste ist, dass sie nicht leidet, und wenn ihr Körper das nicht aushält, nun ja, wie Sie gesagt haben, auch so ist es nur eine Frage der Zeit. Besser, die verbleibende Zeit ist schmerzfrei, als dass sie einige Tage länger daliegt und unmenschlich leidet.

Während ich diese Worte sagte, erinnerte ich mich plötzlich an die Stimme meiner Mutter, wie sie mir vor Jahren erzählt hatte, dass sie verliebt gewesen sei, unglücklich verliebt. Ich stand da vor dem Arzt und sprach über Leben und Tod, und währenddessen hörte ich im Inneren diesen Dialog, fast wie eine andere Stimme in meinem Ohr: Wenn man verliebt ist, da will man nur noch sterben, hatte sie gesagt, das ist das Schrecklichste, was einem passieren kann. Die große Liebe! Die hab ich gekannt. Bitterkeit in ihrer Stimme. Das war dein Vater, und davor noch ... noch ein Unglück. Und jetzt? Jetzt bin ich hier gestrandet, und ich habe nur noch dich.

Marlenes Liebe war eifersüchtig. Aus heiterem Himmel hatte sie mir einmal gesagt: Ich werde wissen, wenn du dein erstes Mädchen geküsst hast, sowas weiß eine Mutter. Ich werde es dir ansehen, wenn du mit ihr geschlafen hast.

Glaube nicht, dass du mir das verheimlichen kannst! Sie hat mich immer davor gewarnt, mich zu verlieben: Du bist noch nicht verliebt gewesen, hatte sie gesagt, wenn du nicht einmal so unglücklich gewesen bist, dass du sterben wolltest vor Liebeskummer. Später, schon im Krankenhaus, sagte sie: Ich habe immer nur darauf gewartet, geliebt zu werden, aber es hat mich nie jemand geliebt, und so habe ich eigentlich mein Leben lang umsonst gewartet, auf den Ritter auf dem weißen Pferd.

All das ging mir durch den Kopf, als ich den Arzt ansah, dessen Gesicht ernsthaft und doch erleichtert schien. Sie wissen, was das bedeutet, sagte der Arzt noch einmal.

Ich will nicht, dass sie unnötig leidet. Geben Sie ihr Morphium, auch wenn ...

Wir sind hier nicht in den Niederlanden!, sagte der Arzt, und dann, leiser: Aber die Grenze ist nicht weit weg.

Ich antwortete nicht. Der Arzt war etwa so alt wie ich. Es könnte seine Mutter sein, über die er da sprach. Ich misstraute der Dankbarkeit, die ich fühlte. Ich drehte mich wortlos um und ging zum Kaffeeautomaten in der Eingangshalle – um Zeit zu gewinnen, um meine Gedanken zu ordnen. Ich fand die geeigneten Münzen nicht, und als ich sie endlich am Zeitungskiosk bei der dicken Kassiererin gewechselt hatte, verbrannte ich mir beim Versuch, den Plastikbecher aus seiner Halterung zu nehmen, die Hand. Der plötzliche Schmerz riss mich aus meinen schwimmenden Erinnerungen. Der Plastikbecher fiel zu Boden, Kaffee überall, stechender Schmerz. Ich sprang zurück, stolperte, konnte mich gerade noch festhalten. Ich schüttelte meine gerötete Hand und hielt sie auf der Toilette unter den Wasserhahn. Die Kälte war erst unerträglich, alles zog sich zusammen auf diesen Augenblick, auf dieses Brennen. Ich ließ den Strahl weiterlaufen. Gut, nur an den Schmerz zu denken. Gut, nichts anderes im Kopf zu haben. Langsam ließ das Pulsieren nach, und ich wusch mir das Gesicht mit Wasser aus meiner hohlen linken Hand. Dann ging ich durch den neonflimmernden Korridor zurück zur Krebsstation.

Ich öffnete die Tür zum Krankenzimmer, ganz leise, um Marlene nicht zu wecken. Sofort wachte sie auf, sah mich an und fing gleich an zu reden, aufgeräumt fröhlich wie ein Kind:

Ich werde morgen eine neue Radiotherapie anfangen! Ein Lächeln erhellte ihr Gesicht. Die Kontur ihres Körpers unter der Bettdecke war schmaler geworden, durch einen Katheter rann ihr Leben in den Plastikbeutel, der links an ihrem Bett hing, in hässlich dunklen Klumpen. Der Doktor meint, wenn mein Körper das übersteht, könnten dabei sehr positive Resultate herauskommen.

Welche Resultate?, fragte ich. Meine Hand brannte. Um mich zu retten, konzentrierte ich mich ganz auf diesen Schmerz.

Na, du weißt schon …

Aber wofür?

Ich fühlte, wie die Schwere mich überkam. Ich fühlte: Dies ist der entscheidende Moment, so also fühlt es sich an, einen wichtigen Moment zu erleben, so fühle ich mich in dem Augenblick, bevor ich den Vorhang des Tempels zerreiße, bevor ich Schluss mache mit dieser Geschichte, mit ihrer Geschichte, die auch meine ist. Ich kann diese Lügen nicht mehr ertragen, sie wird in kurzer Zeit daran ertrinken, sie hat nicht mehr viel Zeit, und jetzt stehe ich hier, und mir liegen die Worte auf der Zunge, und ich weiß, wenn sie einmal raus sind, gibt es kein Zurück, und gleichzeitig fühle ich mich ganz leicht, zu leicht eigentlich, so, als könnte in diesem Moment alles passieren, und eigentlich passiert es doch nicht, ist es nicht real, so, als würde ich in einem beschissenen Traum hier stehen, aber ich kann nicht mehr mitmachen, es ist zu grausam, es ist keine Zeit mehr dazu. Ich konzentrierte mich ganz auf den Schmerz in meiner Hand, auf die Wirklichkeit dieses Gefühls.

Wem willst du noch Theater vorspielen?, fragte ich sie und zwang mich, ruhig zu bleiben. Ich rieb meinen brandroten Handrücken an meinem Oberschenkel. Es geht zu Ende, sagte ich. Du wirst bald sterben. Heute vielleicht, oder morgen oder in einer Woche. Du weißt es. Die Ärzte wissen es. Ich weiß es.

Marlene sah mich an. Ihr Gesicht war plötzlich leer. Dann starrte sie auf einen unsichtbaren Punkt, irgendwo hinter dem Morphium. Sie sagte nichts. Ich konnte ihr ansehen, wie verraten sie sich fühlte, von ihrem Mitverschwörer, ihrem letzten Getreuen. Das Grau des Abends überschwemmte den Raum. Dammbruch in der Stille. Plötzlich entspannte sich ihr Körper. Die Anstrengung wich ihr aus dem Gesicht. Sie sah älter aus. Erst jetzt wurde mir bewusst, wie mädchenhaft sie immer gewirkt hatte. Sie hatte diese großen Augen, dieses Vertrauen heischende Lächeln, die durchsichtige Haut. Jetzt schien ihr Gesicht faltig, erschöpft von einer großen Anstrengung, zusammengefallen.

Ich begann zu reden, mich zu wiederholen, um die Stille zu brechen:

Du hast lange genug durchgehalten, sagte ich. Jetzt ist es Zeit loszulassen. Du weißt genau, wir alle wissen, dass niemand mehr etwas tun kann für dich.

Ich nahm ihre Hand.

Ich bleibe bei dir. Ich werde nicht wegfahren, bevor ... ich werde bei dir sein. Bis zum Schluss.

Sie lag noch immer da. Sie hatte den Kopf auf die Seite gewandt. Tränen liefen ihr über die Wangen. Lange lag sie stumm da, vielleicht eine halbe Stunde. Endlich: Benedict?

Ja?

Glaubst du, dass es noch etwas gibt – danach? Dass da noch was kommt?

Nein, sagte ich leise, das glaube ich nicht.

Es ist kaum möglich, dir zu beschreiben, was damals im Krankenhaus passierte, die Atmosphäre dieser letzten vergifteten Tage. Ich kann es nicht. Ich hatte aber in der Nacht vor ihrem Tod einen Traum, der in Südamerika spielte, in einem seltsamen, schwülen und abgerissenen Land voller schwitzender Soldaten und Rebellen, einen Traum, der direkt an eine Unterhaltung anschloss, die ich mit Marlene an ihrem Sterbebett geführt hatte, eine Unterhaltung, in der sie mich ermutigt hatte, doch dorthin zu fliegen und die Wahrheit über die Entführung meines Vaters herauszufinden.

In diesem Traum sah ich einen greisen Diktator mit operettenhaft goldbestickter Uniform in seinem Palast, einen Diktator, der sich weigert, das Radio anzustellen, und keine Zeitung mehr liest (auch wenn die ohnehin nur druckte, was er befiehlt), und der nur mit seinen engsten Beratern spricht, mit Männern, die so alt sind wie er selbst.

Der Diktator hat beschlossen, dass die Ereignisse seiner nicht würdig sind, dass das Chaos und der Dreck und die kleinen Grausamkeiten und die Korruption seiner Beamten und Offiziere zu erbärmlich sind, um seine kostbare Zeit zu beanspruchen. Er hat beschlossen, dass er über den Dingen steht. Er sitzt an seinem Schreibtisch, vom Alter gebeugt, die Schultern seiner Uniform mit den goldenen Epauletten zu breit für seinen alten Körper, und trinkt Tee aus feinem Porzellan. Er ist diszipliniert. Anders als seine Leibgarde an der Tür schwitzt er nie. Sein Haar ist makellos gescheitelt und nach hinten gekämmt. Er sitzt da und schreibt, umreißt die Zukunft seines Landes mit exakten Strichen.

Aber während er noch den nächsten Fünfjahresplan festlegt und einen Staatsbesuch für September plant, brodelt es in den Straßen. Ministerien brennen, Gaswerke verschwinden in riesigen Rauchwolken, es gibt kein Brot, und die Banken sind geschlossen, Flüchtlingskolonnen sind an den Grenzen. Der Diktator ärgert sich über einige welke Blumen im Zierbeet vor dem Salon. Er schreit: Der Gärtner ist entlassen, findet ihn! Ich werde ihn gleich an die Wand stellen! Der Gärtner aber ist längst Hauptmann in der Rebellenarmee.

Es klopft, und der General brüllt ein unwilliges Herein! Ein Oberst öffnet die Tür und macht Meldung. Er fürchtet sich vor dem alten Mann, aber er ist ein Patriot und weiß, dass er die Wahrheit sagen muss, im Dienste seines Landes. Er ist immer Patriot gewesen, schon als Rekrut. Um ehrlich zu sein, hat er jetzt, als er vor seinem Herrscher steht, solche Angst, dass er sich fast in die Hosen macht. Trotzdem beginnt er zu sprechen. Es brenne überall. Die Hauptstadt ist fast ganz in den Händen der Rebellen, in allen Provinzen wird gekämpft. Der Bürgerkrieg ist ausgebrochen, man erschießt sich auf den Straßen für einen Liter Benzin.

Hören Sie mit dem Unsinn auf, brüllt der Generalissimo, nehmen Sie Haltung an! Wo sind wir denn hier! Ich erteile hier die Befehle!

Der Oberst zittert und steht stramm, Hände an der Hosennaht.

So, sagt der Generalissimo, und jetzt machen Sie sich mal nützlich und besorgen frische Blumen für das Beet. Schlamperei! Der Gärtner wird morgen erschossen, bei Morgengrauen, um ein Exempel zu statuieren. Ich werde selbst anwesend sein! Veranlassen Sie das! Und der Oberst schreit *Jawohlherrgeneral!* und verlässt das Büro des Generalissimo mit zackigem Schritt. Noch während er geht, denkt er daran, wo er bis morgen früh einen Burschen finden kann, der dem Gärtner ähnelt, dessen Heldentaten in den Zeitungen stehen, die in Rebellenhand sind. Irgendjemanden wird er morgen erschießen müssen. Er kommandiert zwei Soldaten der Palastwache ab und macht sich auf die Suche nach einem Todeskandidaten. Bald findet er einen achtzehnjährigen Jungen, der verängstigt in einem Hauseingang kauert, während ringsherum geschossen wird. Er ist Waise. Niemand wird ihn vermissen. Er wird einfach verschwunden sein. Der Oberst lässt ihn festnehmen und einsperren. Der Junge ist fast wahnsinnig vor Angst, er wird nicht viel mitkriegen, und er kann den Betrug nicht verraten.

Über Nacht wird der Palast von Rebellen eingenommen. Die Kampftruppe wird von dem Hauptmann angeführt, der hier einmal Gärtner war: Er kennt den Grundriss des Palastes und alle seine Schlupfwinkel, in die er sich als Lehrling zurückgezogen hat, um zu rauchen. Als der Hauptmann den Gefangenen im Keller findet, hält er ihn für einen Spion des Regimes, der dort eingesperrt wurde, um das Vertrauen der neuen Herren zu gewinnen, und er erschießt ihn persönlich, um kein Risiko einzugehen. Als er dann das Büro des Diktators betritt, ist der alte Mann empört über das Maß an Disziplinlosigkeit, beginnt herumzubrüllen und ruft nach seiner Garde, deren Mitglieder entweder längst desertiert sind oder tot auf den Korridoren des Palastes liegen. Er wird in den Keller geführt und in die Zelle gesperrt, in der noch immer die Leiche des Jungen liegt. Verwirrt und scheinbar geschrumpft, seine Uniform jetzt lächerlich groß um seine Schultern, führt man ihn einige Stunden später vor ein improvisiertes Feldgericht, das ihn im Namen des Volkes zum Tode verurteilt. Er wird in den Hof geführt, in dem er selbst so viele Exempel statuiert hat, und an die Wand gestellt. Er selbst gibt den Befehl zu schießen, niemand kann ihn daran hindern. Er glaubt nicht an das, was mit ihm geschieht. Man wirft seinen Körper wieder in die Zelle. Zwei Särge stehen kurz darauf im Hof, der eine überquellend mit einer blutigen Uniform mit goldenen Epauletten, der andere leicht und scheinbar leer, nur ein schmutziger Turnschuh ragt heraus. Der Alarm des Palastes schrillt in der Ferne.

Es war das Telefon, das mich aufgeweckt hatte. Eine Schwester war am Apparat. Der Zustand Ihrer Mutter hat sich verschlechtert, sagte sie, kommen Sie sofort. Ich war noch angezogen, vorbereitet auf schlechte Nachrichten. Ich werde dir berichten, wie Marlenes Leben endete, denn in diesem Moment begann ja die Kette von Ereignissen, über die ich Rechenschaft ablegen will.

Es dauerte kaum eine halbe Stunde, bis ich im Krankenhaus war. Multiples Organversagen, sagten die Ärzte, Darmverschluss, doppelter Schenkelbruch, plötzlich und katastrophal, wie auf ein geheimes Kommando.

Noch spät in der Nacht kam der Chefarzt zu ihr, der Mann, der sie am Leben gehalten hatte, so lange sie wollte, der Retter, der Messias, aber diesmal musste er zugeben, dass er ein falscher Messias gewesen war. Die Geschichte ist voll von falschen Heilsbringern, und einer von ihnen stand jetzt vor mir, mit gefärbtem Haar und weißem Kittel, stand jämmerlich am Fußende des Bettes, kleiner als sonst, und rang nach Worten.

Wir könnten eine Notoperation machen, sagte er tonlos und starrte dabei auf das Namensschild am Bett, wie um sich zu versichern, dass er wirklich zur richtigen Patientin sprach, und auch, um sie nicht ansehen zu müssen, um nicht in diese Augen zu sehen, die ihm jedes Versprechen entlockt und geglaubt hatten; wir könnten einen neuen Darmausgang legen, und die eine Lungenhälfte, die müssten wir ganz stilllegen, denn sie ist voller Wasser, und auch die Brüche könnten wir ... Es gibt für alles eine Antwort, immer, aber, aber ich muss sagen ...

Er sah sie an, flehentlich, als erwarte er, die befreienden Worte auf ihren Lippen abzulesen.

Aber ich muss sagen, dass ich es dir nicht raten würde. Es ist nicht mehr sinnvoll, es ist ein Kampf, den wir verloren haben. Ich kann dir aber versprechen, dass du keine Schmerzen haben wirst. Das kann ich jetzt gleich veranlassen. Du wirst nichts spüren, das kann ich für dich tun.

Und dann passierte etwas, was ich nie vergessen werde, der zentrale Moment dieser beiden Jahre. Marlene, meine Mutter, die sich seit Wochen kaum noch hatte bewegen können, entwickelte eine ungeheure Kraft, richtete sich auf im Bett, sah dem Chefarzt in die Augen, lächelte, brachte beide Hände zu ihrem Mund und warf ihm innig und stumm eine Kusshand zu. Dann fiel sie auf das Kopfkissen zurück, als habe ein Schlag sie auf den Hinterkopf getroffen. Sie sprach nicht mehr. Sie sah mich nicht an, würdigte mich keines letzten Blickes.

Ich wollte etwas sagen, wollte Abschied nehmen, fand die

Worte nicht. Ich wusste: Dies ist der letzte Moment, an dem du mit ihr reden kannst, der letzte Moment, an dem sie dich hören kann! Und ich blieb stumm, ich stand da und sah sie an, und sie starrte nur vor sich hin, mit halbgeschlossenen Augen. Kurz darauf kam die Krankenschwester und hängte den neuen Tropf an, ohne jede Emotion, entweder ohne zu wissen, was sie tat, oder längst daran gewöhnt.

Der Chefarzt kam noch einmal herein und nickte ihr zu, und die Schwester drehte das Ventil auf und kontrollierte alles noch einmal. Sie warf einen kritischen Blick auf den Port in Marlenes Handrücken und verließ den Raum, nach wenigen Minuten hatte Marlene das Bewusstsein verloren. Sie atmete ruhig. Sie hatte sich verabschiedet. Von ihm hatte sie sich verabschiedet, von ihrem imposanten Mannsbild, dem letzten einer langen Reihe. Ich wusste, dass sie schwer unter Morphium war, untergetaucht in einem Meer von Schmerzen und Halluzinationen, das kalt und dunkel auf ihr lastete und aus dem sie nur für Momente auftauchen konnte, aber in diesem Moment, dem wohl letzten, den sie hatte, hatte sie ihre ganze Liebe auf einen falschen Messias verschwendet, auf einen Betrüger mit gefärbten Haaren, der sie die letzten Monate ihres Lebens gequält und mit immer neuen Prozeduren künstlich am Leben gehalten hatte, wenn es denn als Leben zu bezeichnen ist, wie ein verlorenes U-Boot unter Medikamenten zu havarieren.

Ich saß neben ihr und sah abwechselnd auf ihr Gesicht und auf den Beutel mit dem Morphium, der von einem metallenen Galgen baumelte. Tropfen für Tropfen sickerte es in ihre Venen, das Gift, eine Erlösung und ein Todesstoß.

Nach einiger Zeit verließ ich den Raum. Ich ging durch die langen Korridore des Krankenhauses, die ich in den vergangenen Wochen gut kennengelernt hatte, ging, ohne zu wissen, wohin, vorbei an Menschen in Bademänteln und mit rollenden Infusionsgalgen, in Rollstühlen und auf Krücken. Es war schon bald ein Uhr. Vor der Eingangshalle lungerte ein Häuflein von schlaflosen Rauchern in Morgenmänteln herum. Im Neonlicht sahen sie noch kränker aus; bleich und mit tief eingeschnittenen Furchen im Gesicht. Marlene atmete unverändert ruhig, als ich wieder in ihr Zimmer kam. Während ich sie beobachtete, schlief ich ein, neben ihrem Bett.

Nachdem ich mich am Morgen in der kleinen Waschkabine des Krankenzimmers rasiert hatte, kam die Stationsschwester herein und schickte mich eine Stunde an die frische Luft. Dieser Zustand kann Tage dauern, sagte sie, und Sie können nicht jede Minute am Bett verbringen, das hält man nicht aus. Wir haben Ihre Nummer und rufen Sie sofort an, sollte sich die Situation hier verändern.

Ich ging also, ging in die Stadt, vorbei an den Bruchsteinmauern der Bürgerhäuser, am türkischen Gemüseladen, dem Elektrogeschäft, dem Bestattungsunternehmen und dem griechischen Restaurant. Ich ging bis in die Fußgängerzone und lief herum, nur um unter Menschen zu sein, unter gesunden Menschen, die unverschämt rotwangig und robust durch die Straßen spazierten, auf ihren eigenen Beinen, wenn auch oft mit Mienen, in denen Unzufriedenheit und Verbitterung eingeätzt waren.

Da bist du ja, Benjamin, murmelte Marlene hektisch, ich habe schon so lange auf dich gewartet. Jetzt aber komm, hilf mir, mich anzuziehen, wir müssen nach Hause, sonst wird das Essen kalt. Ich hab doch so schön gekocht für dich. Ich mag dieses Zimmer nicht. Er sitzt. Ich habe ihn wieder gesehen, er sitzt immer da und wartet. Ich mag ihn nicht. Er will immer nur das eine, wie alle Männer, ich will nicht, dass ... Nimm mich nach Hause, Benjamin, dann koch ich dir was Schönes, und erstmal machen wir uns eine schöne Tasse Tee. Komm!

Immer wieder sagte sie das. Eine schöne Tasse Tee trinken wir zusammen, eine schöne Tasse Tee, wir beide, jetzt aber los, sonst wird sie kalt, es ist ja noch so weit, eine schöne ... Hilf mir, mich anzuziehen, es wird ja sonst alles kalt, und das wäre schade, komm, hilf mir, ich mag dieses Zimmer nicht.

Sie war aufgekratzt, sah mich mit großen Augen an, plapperte wie ein Kind, hielt sich aufrecht in ihrem Bett, ohne sich abzustützen, was sie seit Wochen nicht gekonnt hatte; verkrallte sich in ihre Bettdecke und flehte mich an, sie mit nach Hause zu nehmen, jetzt gleich. Gemeinsam mit den Krankenschwestern gelang es mir, sie dazu zu bringen, sich wieder hinzulegen.

Beim Schichtwechsel hatte eine Schwester vergessen, die neue Morphium-Infusion anzuhängen. Die Stationsschwester vermied es, mich anzusehen. Ich setzte mich ans Bett neben meine Mutter, streichelte ihre Hand und beobachtete den Tropf, in dem sich kleine Giftperlen bildeten, die in sie einsickerten, bis sie wieder versunken war. Sie murmelte wieder, dass sie nach Hause wolle, die letzten Worte, die ich von ihr hörte.

In der Nacht begann der Todeskampf, ein zähes Ringen gegen einen übermächtigen Feind, so, wie er in Filmen oder Büchern beschrieben wird: ein Kämpfen um Atem, ein krampfhaftes Weiten und Zusammenpressen der Brust mit einem rasselnden Geräusch, als würde ein Schleusentor an Ketten heruntergelassen, eine Zugbrücke zum Tod. Dann atemlose Stille, immer länger, Stille, und dann plötzlich ein tiefer, schluchzender Atemzug wie von jemandem, der nach einem überlangen Tauchgang aus dem Wasser hochgerissen wird, ein Atmen mit dem ganzen, sich zersetzenden Körper. Die Hände, die mich so oft gestreichelt hatten und die sich jetzt hilflos und dürr in die Bettdecke krampften. Sie lag da, und sie kämpfte auf verlorenem Posten. Speichel rann ihr aus dem Mundwinkel. Neben dem Bett hing ein Blasenkatheter, der sich zusehends mehr mit dunklen Flüssigkeiten und soliden Brocken füllte. Ich hielt ihre Hand, vorsichtig, um die Kanüle in ihrem Handrücken nicht zu berühren, und redete ihr zu, wie einem Kind. Trau dich!, sagte ich, na los, trau dich!

Dann wurde die Stille zwischen den Atemzügen länger, und ich dachte schon, es wäre vorbei, aber plötzlich brach ein großer Seufzer aus ihr heraus, ein Aufschluchzen, das aus einem unbekannten Organ zu kommen schien, tief und unbeschreiblich. Erst dann sackte ihr Kopf weg, das Kinn fiel herunter, und der Atem setzte aus. Nur der Sauerstoff zischte noch, leise und unerbittlich. Instinktiv sah ich auf meine Uhr. Es war halb zwei Uhr morgens. Ich klingelte nach der Krankenschwester. Sie kam und stellte den Sauerstoff ab, schloss den Tropf. Erst jetzt ließ ich die Hand los und verließ den Raum. Ich ging durch den Korridor zur Feuertür, die immer angelehnt war, und weiter auf den kleinen Innenhof mit dem Betonkübel mit Geranien, in denen die Raucher ihre Zigaretten ausdrückten. Ich sog die kühle Nachtluft ein, ganz ruhig. Keine Trauer war da, keine Traurigkeit. Ich fühlte nichts als Erleichterung.

Sie hatte es geschafft. Endlich.

Sie hatte es geschafft.

Das wird dich verändern. Klar und präzise erfüllten diese Worte mein Bewusstsein. Du weißt noch nicht, auf welche Weise, aber nichts wird mehr so sein wie vorher. Du bist jetzt kein Sohn mehr, du bist nur noch du.

Die Krankenschwestern schickten Ben weg und begannen sich mit Marlenes Körper zu beschäftigen. Sie entfernten Schläuche und Nadeln, nahmen dem fast kahlen Schädel die Wollkappe ab, schlossen die Kinnlade, legten den Körper aus – was davon übrig war –, falteten die Hände über der Bettdecke. Eine der Schwestern bekreuzigte sich am Fußende des Bettes. Dann rollten sie den Infusionsgalgen und anderes Gerät hinaus. Das Licht über dem Bett ließen sie brennen. Aus Pietät. Da lag er nun, Marlenes geschundener Körper.

Es war einmal ein schöner Körper gewesen, auch wenn sie sich mit ihm nie ganz angefreundet hatte. Sie wusste ihre Schönheit einzusetzen, sie spielte mit ihrer Wirkung auf ihre Umwelt, aber sie fühlte auch, dass ihr Aussehen sie verwundbar machte, zur Zielscheibe unwillkommener Aufmerksamkeit.

Marlene hatte nicht gewusst, wie man das macht, erwachsen sein. Sie war gerade noch ein Schulmädchen gewesen, und plötzlich erwartete man von ihr, dass sie sich wie eine Frau benahm, eine emanzipierte Frau in einer progressiven Welt. Ihre Mutter war nicht emanzipiert. Sie lachte über »diese jungen Gänse, die glauben, dass sie die Welt verändern, nur weil sie flache Schuhe tragen«. Elly hoffte lange, dass Marlene Schauspielerin werden würde. Du bist zwar nicht so hübsch, wie ich es war, aber du hast was, Ausstrahlung. Du wirkst immer so, als läge dir die Welt zu Füßen.

Sie mochte so aussehen, aber sie fühlte sich nicht so. Henk, ihr Freund, fand sie prüde. Er war fünf Jahre älter als sie. Hinter der weltläufigen Maske war er erstaunlich unerfahren und ungeschickt. Er konnte liebevoll und aufmerksam zu ihr sein, aber in intimen Momenten wurde er nervös und ritt schließlich unbeholfen auf ihr herum, bevor er stöhnte und sich auf die Seite rollte. Marlene hielt den weiblichen Orgasmus für eine Phantasie feministischer Autorinnen. Erwachsen sein heißt allein sein, lernte sie bald.

Schon die platonische Liebe war voller giftiger Stacheln,

aber die elendeste von allen war die drängende, überwältigende körperliche Liebe, das Begehren selbst. Mit sechzehn hatte sie das zum ersten Mal erlebt, als sie Joris nach Hause gebracht hatte, ihre erste Liebe und ihr damaliges Ein und Alles, ein Mensch, für den sie sofort ihr Leben gegeben hätte. Sie war glücklich gewesen an diesem Tag und erleichtert, wie herzlich ihre Mutter den Jungen willkommen hieß. Joris wurde ein regelmäßiger Gast.

Drei Wochen später fand Marlene ihn im Bett mit ihrer Mutter. Sie hatten diesen Moment nie wieder erwähnt, ganz so, als wäre nie etwas passiert. Aber den Triumph in den Augen ihrer Mutter, den sie bemerkt hatte, als sie die Tür öffnete und das vielgliedrige Tier vor sich sah, diesen Triumph würde sie ihr nicht verzeihen.

Joris konnte sie, wollte sie alles verzeihen. Sie war weiter mit ihm ausgegangen, hatte ihm gestattet, sie zu küssen, und hatte seinen gierigen Körper gespürt, wenn er neben ihr lag. Nur am Strand konnte sie sich ihm zeigen und auch seinen Körper sehen, die sehnigen Arme und die Bauchmuskeln, die zuckten, wenn er lachte, und seine Männlichkeit (so nannte sie es), die sich gegen den Stoff seiner Badehose abzeichnete. Er lud sie ins Kino ein, und sie ertrug seine Hände in der Dunkelheit mit einer Mischung aus kaltem Entsetzen, Scham und einem neuen, glühenden Gefühl, das sie erschreckte und berauschte.

Nach einem Sommer kühlte seine Leidenschaft sich ab. Er habe Bedenken, sie seinen Eltern vorzustellen, sagte er. Sein Vater sei noch immer sehr antideutsch, es sei nicht der richtige Moment. Sie war bereit gewesen, ihr Leben für ihn aufzuopfern, und sie tat alles, um ihn bei sich zu halten. Sie war sogar bereit, mit ihm zu schlafen, aber der Moment war nie gekommen, immer mehr entzog er sich, hatte keine Zeit, wenn sie ihn nach Hause einlud. Der Schatten ihrer Mutter lag zwischen ihnen. Wenig später war er verschwunden, antwortete nicht auf Briefe, war auch nicht am Telefon erreichbar für Marlene. Ihr war, als müsse sie daran zugrunde gehen.

Dass sie überhaupt etwas von dem hatte, was sie selbst Männererfahrung nannte, bevor sie Henk begegnete, hatte sie Hugo de Zwart zu verdanken, dem alten Freund der Familie. Sie war erfüllt von einer rasenden Wut gegen ihre Mutter, einer Wut, die noch heller aufloderte, als Hugo ihr das Bildnis einer Frau mit überschattetem Gesicht zeigte, das sie sofort erkannte. Sie verlor kein Wort darüber, aber als Hugo sich zu ihr hinüberbeugte, schaffte sie es mit gespielter Unbeholfenheit, dass sie einander berührten. Dann überfiel sie Panik, weil sie noch nie weiter gegangen war, weil sie nicht wusste, was jetzt kommen sollte, was von ihr erwartet wurde, weil sie diesen Mann nicht mochte, sicherlich nicht als Mann, er hätte ihr Vater sein können. Aber sie machte weiter, ließ ihn weitermachen, wortlos und wie blöd geworden vor Lust, bebende Lippen, gelblicher Schnurrbart. Er war sehr blass, wirkte unnatürlich ohne Kleider, wie eine Qualle, die man am Strand weit wegtritt, so hart, dass sie in der Luft in Stücke bricht.

Er hatte ihr wehgetan an diesem Tag, aber das machte

nichts, denn er hatte sie zur Frau gemacht, gewissermaßen unter den Augen ihrer Mutter. Keuchend hatte er sich an ihr abgearbeitet, die Hosen bis auf die Knöchel heruntergelassen. Als er sich seufzend über ihren Bauch ergoss, beobachtete sie den Vorgang und die Flüssigkeit mit dem distanzierten Blick einer Laborantin. Von diesem Tag an hatte Elly ihr nichts mehr zu sagen. Von diesem Tag an begannen ihre Auseinandersetzungen, ihre Schreiduelle und ihr tagelanges Schweigen. Erwachsensein ist ein einsames Geschäft.

Henk sah Einsamkeit nietzscheanisch, das hatte er Marlene gleich gesagt. Er bezeichnete Vögeln als die geeignete schlagende Antwort auf das Elend des Existierens. Sie hörte ihm zu, prägte sich Namen und Argumente ein. Jeder dieser Namen war ein Mosaikstein der Antwort, die es irgendwo geben musste, spürte sie, der echten, der einzig wahren, die anders war als alles, was man ihr sagte. Sie kannte diese Bücher nicht. Sie wusste zu wenig, das sagte auch Henk immer wieder, sie hatte einfach keine Ahnung. Sie las viel, lange, kaum verständliche Texte zu Themen, über die sie sich noch nie Gedanken gemacht hatte. Immer wieder stellte sie fest, wie wirkungsvoll neue Vokabeln alte Probleme aufs Neue verschleiern können. Je sicherer die Autoren ihrer Antworten zu sein schienen, desto weniger glaubte Marlene ihnen. Henk amüsierte sich darüber. Offensichtlich verstand sie nicht, worum es wirklich ging, sagte er. Käme eine Revolution, würde auch sie es endlich begreifen. So hatte er damals geredet. Die Revolution stand immer unmittelbar bevor.

Als sie allen Voraussagen zum Trotz nicht kam, hörte die Revolution auf, Marlene zu interessieren. Sie war allein. Kein Mann an ihrer Seite. Sie hatte einen Sohn; sie war noch jung. Eine unbeirrbare Stimme irgendwo in der Tiefe ihres Wesens raunte durch ihre Angst hindurch und sagte, dass es im Leben größere (sie selber sagte »erhabenere«) sinnliche Genüsse geben müsse, als die bescheidenen Künste von Hugo de Zwart, von Henk und von einigen verwirrten Nächten mit angestrengt experimentierenden Studenten sie hatten ahnen lassen. So einfach wollte sie sich das nicht rauben lassen. Sie war jung genug, noch einmal anzufangen.

Sich selbst, ein Produkt der calvinistischen Niederlande, erklärte sie dieses aufkeimende Begehren anders. Der Junge braucht einen Vater, argumentierte sie, ich darf nicht so egoistisch sein, das von vornherein auszuschließen. Ich muss mich opfern, für meinen Sohn, der eine Familie braucht.

Wäre Marlene ehrlich mit sich gewesen, dann hätte sie zugegeben, dass Ben seinen Vater nicht zu vermissen schien, dass er seinen Vater verehrte, wie er ihn aus Geschichten und von Fotos kannte, und dass diese Liebe keinen Platz für einen zweiten Vater ließ. Sie selbst war ohne ihren Vater aufgewachsen (den alten Veenstra hatte sie in dieser Hinsicht nie ernst genommen), und sie war der Ansicht, das habe ihr sehr gutgetan, also konnte es auch für den Jungen gut sein, denn vielleicht würde Ben mit einer liebevollen Mutter und einem abwesenden Heldenvater glücklicher aufwachsen als in den Trümmern einer bürgerlichen Idylle, mit der schrecklichen Enttäuschung der Gemeinheit und der Mittelmäßigkeit.

Wäre sie ehrlich mit sich gewesen, hätte sie sich gesagt, dass sie glücklich war, so wie sie jetzt lebte, mit einem kleinen Sohn in einer kleinen, fremden Stadt, froh über ihre Unabhängigkeit, nicht mehr Tochter und Fremde zu sein und nicht mehr ausgelacht zu werden, sich nicht mehr täglich in jeder Kleinigkeit gedemütigt und bevormundet zu fühlen, keinen sinnlosen Diskussionen beiwohnen zu müssen, denn sogar als sie selbst über die Revolution gesprochen hatte, als sie debattiert hatten, ob man die Feinde der Revolution liquidieren soll und wenn ja, wen, war es ihr im Prinzip egal gewesen.

Ihre Suche nach »einem Vater für den Jungen« war anfangs zäh und glücklos. Im Kinderladen und in der esoterischen Buchhandlung verkehrten Männer mit Bart, Achselschweiß und Sandalen, und obwohl sie während dieser Zeit selbst sozusagen Tarnkleidung trug, waren die doch nie nach ihrem Geschmack gewesen. Die Stadt war klein, die Auswahl begrenzt. Wer zuletzt kommt, muss sehen, was übrig bleibt. Erst durch ihr eigenes Geschäft, die Kunstbuchhandlung Vermeer, traf sie andere Männer – höflich, gesetzt –, eine neue Kategorie Mensch.

Einige Experimente verliefen ergebnislos, dann aber stellte sie fest, dass der eine oder andere der interessanten Männer, von denen sie sich gelegentlich zum Essen einladen ließ, im Lauf der Jahre zwar ebenfalls einsamer und misstrauischer geworden war, dass ihre verschiedenen Freundinnen ihnen aber beigebracht hatten, wie sie geliebt werden wollten. Mit fünfundvierzig erlebte Marlene zum ersten Mal gemeinsam mit einem evangelischen Chorleiter, dass der Orgasmus kein feministischer Mythos war. Der Chorleiter wurde bald darauf in eine andere Gemeinde versetzt, Marlene vermisste ihn nicht besonders. Obwohl sie ihn nie wiedersah, war sie doch keinem Mann dankbarer als ihm.

Als ich das Sterbezimmer meiner Mutter nach einer Stunde wieder betrat, hatten die Schwestern, zwei treue Deutschrussinnen mit breiten Gesichtern und aschblonden, hochgesteckten Haaren, den Körper schon gewaschen und hergerichtet. Ich hatte einen Leichnam verlassen, den Körper meiner Mutter, mit schiefem Kopf und verrutschter Wollmütze und einem immer noch zischenden Sauerstoffschlauch unter der Nase und offener Kinnlade, ein trauriges Bild, aber ein Bild von der Mutter, die ich kannte.

Jetzt lag auf dem Bett eine wächserne Frau mit gefalteten Händen und ruhigem Gesicht, würdig, schön mit ihrer trockenen, fast durchsichtigen Haut und ihrem kurzen, weißen Haar. Meine Mutter aber erkannte ich in dieser Staffage nicht wieder. Es war, als habe man sie ausgewechselt mit einer Puppe, die ihr ähnlich sah. Nichts verband mich mit diesem Objekt. Ich dankte den Schwestern und verließ den Raum. Ich habe den Leichnam nicht wieder angesehen. Ich hatte keinerlei Bedürfnis danach. Es war nicht mehr sie. Ich kannte diese Puppe nicht.

Elly hatte ihre Tochter Marlene genannt, nach der Dietrich. Ich bin von Kopf bis Fuß auf Liebe eingestellt. Sie selbst hätte so eine Karriere machen können, das wusste sie, das erzählte sie noch später jedem, der zu Besuch kam. Sie hätte es ihnen allen zeigen können, aber der Krieg hatte anders entschieden. Der Krieg hatte sie ins Exil geschickt, und ihre Marlene war alles, was sie hatte. Natürlich gab es Männer, die sie bewunderte, vielleicht sogar einen oder zwei, mit denen sie sich, wenn Veenstra auf Reisen war, heimlich getroffen hatte. Natürlich gab es Hugo de Zwart, dessen bleiches, rotgeädertes Gesicht sie am Fenster sah, wenn sie an seinem Haus vorbeilief, Hugo, der sie über Umwege besuchen kommen würde. Sie war noch jung und zog verstohlene Blicke auf sich, das wusste sie. Es war noch nicht zu spät.

Das war so gegangen, bis ihre Tochter die ersten Male verschwiegen und verwirrt von langen Nachmittagen heimgekommen war und ihr nicht sagen wollte, wo sie gewesen war, bis sie ihre ersten Freunde mit nach Hause brachte, alles ganz unschuldig natürlich, ein netter junger Mann mit Krawatte, der zum Abendessen dablieb, freundlich und bescheiden, aber unverkennbar männlich.

Als sie ihre Tochter verstohlen ansah, das Glitzern in ihren Augen, die Schüchternheit, die Verwirrtheit und die Lippen, die röter waren als sonst, an die sie sich selbst noch so erinnerte, als hätte sie es im letzten Jahr zum ersten Mal gefühlt, das Gefühl auf ihrer Haut, auf ihren Lippen, da war etwas zerbrochen in ihr, so etwas wie eine letzte Hoffnung. Sie zeigte es nicht. Sie blieb jetzt höchstens etwas länger im

Badezimmer, machte sich noch sorgfältiger zurecht als vorher, nahm keinen Zucker mehr in den Kaffee. Sie war eine attraktive Frau, alle Chancen standen ihr noch offen.

Später, als ihre Tochter längst aus dem Haus war und sie allein lebte, war sie kaum ansprechbar, bevor sie nicht etwas getrunken – Tio Pepe intus hatte, den stillen Freund aus dem Supermarkt. Erst nach dem zweiten Glas fühlte sie sich besser. Dann rückte sie die blonde Perücke zurecht und stellte zufrieden fest, dass sie ihr hervorragend stand. Sie zog ihre Lippen nach, und bevor sie das Haus verließ, setzte sie eine schicke Sonnenbrille auf. Wenn sie im Vorbeigehen ihr Spiegelbild in einem Schaufenster ansah, konnte man fast meinen, es wäre eine junge Frau, die da neben ihr herging.

Das waren die besten Augenblicke ihrer winterfahlen Tage, Momente, in denen sie glauben konnte, dass noch vieles vor ihr lag, dass ein Mann kommen würde, dass es noch Gelegenheiten oder zumindest Gnade geben könne für sie. Sie brauchte noch ein Glas, um das Gefühl gegen die Zeit zu isolieren, aber obwohl sie weitertrank, zerrann ihr Mut, und dann musste sie den Ekel hinunterschlucken, vor der Welt und vor sich selbst, vor der Stimme, die ihr sagte, dass sie sich immer alles kaputtmachte, dass nichts geworden war aus ihr, dass sie gescheitert war und ohne Hoffnung, dass die Leute ihr nachsahen auf der Straße, dass ihr Gesicht aufgedunsen war und dass sie seit Jahren schon kein Mann mehr zum Essen eingeladen hatte, auch wenn sie es darauf angelegt hatte, auch wenn sie, einmal, fast darum gebettelt hatte, nicht einmal Hugo de Zwart.

Sie hatte Marlene ermutigt, zum Theater zu gehen, aber der Traum von der Karriere ist auch für sie nicht wahr geworden. Sie sollte Schauspielerin oder Sängerin werden, sie hatte eine schöne Stimme, hatte studiert, einmal war sie sogar im Fernsehen aufgetreten, aber dann hatte sie alles hingeschmissen und den erstbesten Mann geheiratet. (Weggeschmissen, sagte Elly immer, weggeschmissen hat sie ihre Chance! Was ich durchgemacht habe für sie! Die Bombennächte! Veenstra und die Nachbarn! All meine Hoffnungen! Und für so einen! Mit diesen ungewaschenen Haaren! Nach allem, was ich geopfert habe!)

Als Ben geboren wurde, begrub Marlene endgültig alle Theaterpläne, denn der Kleine war oft krank und brauchte Pflege. Elly spürte, dass das eine Entschuldigung war, ein verborgener Akt der Rebellion gegen sie selbst. Sie fühlte das und fühlte die Bitterkeit in ihr aufsteigen, als hätte Marlene ihr ihre glänzende Laufbahn und ihren erhofften Ruhm zum zweiten Mal gestohlen. Nie hatte sie ihr das vergeben. Einmal hatte sie sie dafür zur Rechenschaft gezogen, in der Küche, beim Abwaschen.

Du hast mir gar nichts mehr zu sagen, hatte Marlene hervorgestoßen. Du kannst nicht ertragen, dass ich etwas habe, was du nicht hast.

Elly hatte sie angeherrscht: Wie sprichst du mit deiner Mutter? Du wagst es, so mit mir zu sprechen?

Marlene fühlte die Hilflosigkeit in ihrer Stimme und sagte ganz ruhig: Mit dir spreche ich gar nicht mehr. Mit dir nicht. Du hast mir noch nie was zu sagen gehabt. Sie sah noch, wie die Augen ihrer Mutter sich blitzschnell und böse zusammenzogen, und dann fühlte sie das Brennen auf der Backe, sah ihre Mutter, die ihre Hand erschrocken zurückzog, fühlte die Nässe vom Waschwasser in ihrem Gesicht. Wortlos nahm sie Handtasche und Mantel und verließ das Haus.

Elly blieb zurück, tastete mit ihren Händen im Spülwasser herum, warf den Lappen ins Wasser, dass es auf die sauberen Teller spritzte, nahm ein Geschirrhandtuch. Ihre Hände waren rot und weich geworden im warmen Wasser. Sie zitterten. Sie ging zum Geschirrschrank, holte ein kleines Glas und schenkte sich einen Tio Pepe ein, um das Zittern loszuwerden, um sich zu beruhigen. Ihre Tochter war unverschämt gewesen, ihre Tochter, die gerade das freie Leben lebte, das sie sich selbst immer ersehnt hatte. Das konnte sie ihr nicht vergeben, vielleicht nie.

Mutti und ich, wir waren eigentlich mehr wie Schwestern, hatte Marlene Ben oft gesagt. Früher war das, fügte sie leise hinzu. Schließlich hätten wir Schwestern sein können, wir waren ja nur neunzehn Jahre auseinander. Wir haben einander alles gesagt, keine Geheimnisse voreinander gehabt, alles geteilt in den Nachkriegsjahren. Aber dann, dann ist irgendwas kaputtgegangen. Erst bin ich ausgezogen und habe geheiratet, dann hat sie angefangen zu trinken. Von da an konnten wir nicht mehr miteinander reden, ohne uns zu streiten. Kein Wort mehr.

Für die Einäscherung habe ich mich entschieden. Marlene war in dieser Hinsicht nie sentimental. Das Grab ihrer Mutter hatte sie nicht mehr besucht, weil sie nicht mehr in die Niederlande fahren wollte, selbst dafür nicht. Vielleicht gerade dafür. Es wäre ihr kitschig vorgekommen, auf einen Stein zu starren, sagte sie mir. Dabei liebte sie es sonst, sentimental zu sein. Sie liebte Kitschfilme und Serien, Königshäuser, Hochzeiten, Bräute, Tragödien. Begräbnisse besuchte sie grundsätzlich nicht. Nur bei der Einäscherung Ellys saßen wir gemeinsam und sahen zu, wie der Sarg nach einem diskreten Knopfdruck zu Orgelmusik langsam hinter einem Vorhang verschwand. Sie selbst hatte das für ihre Mutter gewählt. Jetzt wählte ich es für sie – ohne Orgelmusik. Zur Trauerzeremonie waren etwa zwanzig Leute erschienen, hauptsächlich Kollegen und ehemalige Kunden aus der Buchhandlung und einige Mitglieder des Kunstvereins – die wenigen Freunde, die ihr geblieben waren. Ich hielt eine kurze Rede, versuchte einen klaren Gedanken zu fassen und ihr Leben in einem versöhnlichen Licht zu zeigen. Ich verlor aber bald den Faden und stammelte, Tränen schossen mir in die Augen, und ich musste aufhören. Die Gäste waren darüber sehr gerührt. Sie legten Blumen auf Marlenes Sarg.

Mein Beileid, sagte eine Frau um die siebzig mit weichem Gesicht, Sie haben sehr schön gesprochen.

Danke, antwortete ich. Waren Sie eine Kollegin meiner Mutter?

Nein, sagte die Frau. Sie hatte einen holländischen Akzent. Sie tat sich schwer auf Deutsch. Keine Kollegin. Wir waren … Freundinnen, früher mal. Das ist lange her.

Ich dankte ihr. Andere Menschen drückten mir die Hand. Marlenes Verkäuferin, die die Buchhandlung während der vergangenen Monate allein geführt hatte, weinte und umarmte mich. Sie hatte ihr jede Woche Blumen ins Krankenhaus geschickt, berichtete sie, auch wenn sie auf Marlenes ausdrücklichen Wunsch nie zu Besuch gekommen sei. Ich dankte und dachte an die verwelkenden Sträuße im Krankenzimmer. Sie erinnerten mich an ein Blumenstillleben, das bei Elly im Wohnzimmer gehangen hatte. Ein Hugo de Zwart, natürlich.

In Marlenes Wohnung gab es nicht einen einzigen welken Strauß, keine einzige vertrocknete Blume. Sie hatte aufgeräumt, bevor sie ins Krankenhaus ging, alles war picobello und zur Übergabe bereit.

Erst zwei Tage nach der Trauerfeier betrat ich die Wohnung, ein Moment, den ich so lange wie möglich hinausgeschoben hatte, seit ich hier bei meinem ersten Besuch im Krankenhaus übernachtet hatte. Jetzt aber brauchte ich dringend ihre Dokumente. Ich drehte den Schlüssel im Schloss, hörte das vertraute Klicken. Die Wohnungstür schnappte auf, ich schaltete das Licht an.

Es ist seltsam mit persönlichen Dingen. Sie leben nur, solange man mit ihnen lebt. Lässt man sie allein, verändern sie sich, sie verblassen und trocknen ein wie altes Stroh und ziehen sich in sich selbst zurück, werden wirklich zu toten Gegenständen, die erst langsam und über lange Zeit wiederbelebt werden müssen, so wie man die Kälte im Winter aus einer Wohnung vertreiben muss, die man lange nicht betreten hat, und die nicht nur in den Mauern steckt, sondern in jedem Gegenstand.

Alles schien vertrocknet zu sein, Hülsen, abgestreifte Schlangenhäute: Das Telefon im Flur und die Möbel im Wohnzimmer, die Stifte auf dem Schreibtisch und die Bücher im Regal, sogar die einsame Tasse auf dem Tisch schien verdorrt zu sein, brüchig, leblos, dumpf. Eine Fliege flog mit metallischem Surren durch die Stille. Ein Lichtstrahl gleißte durch den Spalt der zugezogenen Gardinen, Staub hing in der Luft. Ich öffnete die Fenster. Das Licht schlug alle Farben in die Flucht; alle Gegenstände waren wie von Firnis überzogen. Nur ein Stück Keramik leuchtete in unzerstörbarem Blau.

Ich sah hinüber zur Vase auf der Kommode, unter dem Gemälde mit dem Schiff in Seenot, das ich dir geben werde. Schon immer hatte sie dort gestanden: kopfgroß, indigoblau und so rund wie ein Mond. Ich ging zu ihr, meine Hand suchte den Riss, der sich durch den gewölbten Körper zog, dann einen Punkt, an dem zwei Risse Brüche trafen, fühlte die abgesplitterte Lasur.

Als ich elf war, habe ich diese Vase von der Kommode genommen und sie mit voller Absicht auf den Boden fallen lassen. Marlene und ich hatten miteinander in der Küche gesessen. Nach dem Essen hatte sie begonnen, Geschichten von früher zu erzählen, und ich fühlte mich gelöst und glücklich. Auch sie war ausgelassen und lachte und redete, von früher, von Papa, dessen Ehering sie noch immer trug. Je älter du wirst, desto ähnlicher wirst du ihm, hatte sie gesagt.

Dann passierte etwas Seltsames. Mein Glücksgefühl wurde so erdrückend, dass ich kaum noch Atem holen konnte, so übermächtig, dass mir schwindlig wurde und ich glaubte, gleich ersticken zu müssen. Ich stand auf und verließ die Küche und ging ins Wohnzimmer, um ein Fenster zu öffnen, aber da sah ich die leuchtend blaue Vase und ging hin und nahm sie mit beiden Händen vom Tisch und ließ sie fallen. Ich hörte das Bersten und Splittern, und noch bevor ich die hastigen Schritte meiner Mutter wahrnahm, wusste ich, dass ich es geschafft hatte, dass ich wieder atmen konnte, dass ich noch einmal davongekommen war.

Als sie hereinstürzte und mich fragte, was passiert sei, sagte ich zuerst gar nichts und starrte sie nur an. Dann rannte ich weg, ins Badezimmer, und schlug die Tür hinter mir zu. Eine Scherbe hatte mich am Bein getroffen, und ich blutete. Ich wusch die Wunde aus und klebte ein Pflaster drauf. Als ich mich wieder hinaustraute, hatte Marlene die Scherben schon aufgesammelt und weggeworfen. Später, als sie einkaufen gegangen war, holte ich sie wieder raus und klebte die Vase wieder zusammen. Ich arbeitete mit größter Sorgfalt, und Marlene sagte später, man könne gar nicht sehen, dass irgendwann einmal etwas damit passiert sei. Ich wusste, dass sie log (einige kleinere Scherben waren verlorengegangen), aber ich war dankbar dafür und beschloss, es auch so zu sehen. Nur heimlich dachte ich: Ich hab sie repariert, damit da auch das nächste Mal etwas steht, was ich runterwerfen kann. Aber ein nächstes Mal gab es nicht. Ich lernte, mich zu beherrschen. Jetzt spürten meine suchenden Finger auf der Lasur längst ad acta gelegte Erinnerungen auf. Bilder entstanden, ich begann das erdrückende Gefühl von damals zu spüren.

So ist deine Mutter gestorben, sagte jedes Objekt, jeder Raum, ein langsames Ersticken. Im Schlafzimmer, dem Allerheiligsten, neben ihrem Bett, ein Foto von mir als kleiner Junge und ein Bild von meinem Vater mit langen Haaren, Rollkragenpullover und Zigarette, das kurz vor seinem Abflug nach Südamerika entstanden war. Vor dem Bild stand ein Porzellanschälchen mit einem Paar Manschettenknöpfen und einem goldenen Ehering. Daneben eine Kerze. Genug.

Ich kehrte ins Wohnzimmer zurück und ging zum Sekretär, einem Biedermeier-Prunkstück, dem einzigen guten Möbel im Haus. In der obersten Schublade fand ich den Ordner mit persönlichen Dokumenten, von dem sie kurz vor ihrem Tod gesprochen hatte. Der Rücken des Ordners war per Hand beschriftet: Für Benedict. Ich nahm die Dokumente, schloss die schön geflammte Schublade, klappte die Arbeitsfläche herunter und setzte mich, um zu schauen, ob alles vorhanden war: Geburtsurkunde, Taufschein, Versicherungsurkunden, Kontoauszüge, Rentenbescheid – endlose, demoralisierende Details, säuberlich abgeheftet. Dazwischen, in einer transparenten Plastiktasche, ein Zeitungsausschnitt mit der Überschrift:

Spiegel-Journalist in Kolumbien entführt

Ich las den Text nicht. Diesen Artikel konnte ich auswendig. In einer Plastikfolie steckten noch einige Fotos, die Todesanzeige, die damals erschienen war. Vorsichtig legte ich die Papiere zurück und blätterte weiter. Einige Blätter in einer anderen Folie waren mit Schreibmaschine geschrieben und trugen handschriftliche Korrekturen. Ich erkannte die Schrift meines Vaters. Es war ein Artikel, den er aus Kolumbien geschickt haben musste, ein Bericht über ein Mädchen, das seine Eltern im Drogenkrieg verloren hatte. Er konnte schreiben, mein Vater. Ein Brief folgte. Henk schrieb seiner Frau. Er antwortete ihr.

Du hast recht mit Deinen Feststellungen, schrieb er, *und ich habe keine Rechtfertigung als die, dass es vorbei ist. Wenn Du mir aber drohst, dass ich Ben nicht mehr sehen darf, das ist weit unter Deiner Würde, es ist Deiner und unser nicht würdig. Er ist mein Sohn. Ich weigere mich, ihn in einen Scheidungskrieg hereinzuziehen. Wenn Du darauf bestehst, dass ich aus Eurem Leben von jetzt ab »eliminiert« bin, dass ich für Dich und für ihn »gestorben« bin, wenn Du sogar eine Anzeige in der Zeitung veröffentlichst, die meinen Tod vermeldet, dann kann und werde ich mich nicht auf dieses Niveau begeben. Ich habe ein neues Leben, auch wenn Du mich schon begraben hast. Ich will nicht, dass Du mich für den Rest meines Lebens mit Deinem Hass verfolgst. De mortui nihil nisi bene.*

Ich sah auf das Datum des Briefes, dann wieder auf den Artikel, der die Entführung meldete. Der Artikel stammte vom 18. April 1972. Der Brief meines Vaters war mit September 1973 datiert, mehr als ein Jahr nach seinem Verschwinden.

Das Licht im Raum war grellweiß geworden. Ich blickte zum Fenster hinaus auf den nächsten Häuserblock, auf den Rasen und die Bäume dazwischen, überwältigendes Grün. Ein penetranter Ton hatte sich in meinem Kopf festgesetzt, Tinnitus. Ich hörte die Fliege summen, fast unerträglich laut. Die Dinge um mich herum im Raum wirkten noch farbloser, als hätte das Licht alles Leben aus ihnen herausgesogen, als wäre alles hier aus Zeitungspapier gemacht.

Ich war sehr klar, sehr ruhig. Ganz ähnlich hatte ich mich in den Minuten nach dem Tod meiner Mutter gefühlt. Das weiße Licht drang durch meine zwinkernden Augenschlitze direkt in mein Hirn; Erinnerungen und Gewissheiten bröckelten in mir ab wie altes Mauerwerk. Die Welt war scharf in den Fokus gekommen: Ich sah die Umrisse von jedem einzelnen Schreibmaschinen-Buchstaben, der sich in das Papier gedrückt hatte, fühlte die Vertiefung, den Aufschlag des metallenen Schreibarms auf der Oberfläche des Briefbogens, schmeckte die Bitterkeit des Farbbands. Durch das Fenster sah ich im Haus gegenüber eine Frau, die ins Telefon sprach, bildete mir ein, einzelne Poren ihrer Haut wahrzunehmen, die Krähenfüße um ihre Augen und die Härchen auf ihren Händen, sah, dass sie falsche Fingernägel trug, und sah sie lächeln, während sie jemanden belog; ich hörte trotz des Geräuschs in meinen Ohren das Ticken der goldenen Armbanduhr, die einmal meinem Vater gehört hatte, vernahm ganz deutlich, wie sich der Zeiger vorwärtsbewegte; ich roch den Geruch der Krankheit, der hier noch in der Luft stand, das Aroma des alten Papiers. Ich fühlte, wie meine Erinnerung durchbohrt wurde von den trockenen Spitzen der Eindruckspfeile, wie sie langsam ausblutete.

Es gab noch mehr Briefe, es war eine zornige, zynische Korrespondenz. Kühl wog ich ab, was ich erfahren hatte: dass es nie eine Entführung gegeben hatte, kein Heldentum. Ich hätte jedes Recht, entsetzt zu sein, das stand fest, untröstlich, aber ich war ruhig, war mir im Klaren über das Absurde der Situation.

Tinnitus. Sausen.

Ich saß da und protokollierte meine Regungslosigkeit, das Ertauben und gleichzeitig die ungeheure Schärfe, die Gleichgültigkeit, ein leichtes Zucken im kleinen Finger der rechten Hand. So also verhältst du dich.

Ich schloss den Ordner und stand auf. In der Küche ließ ich kaltes Wasser in ein Glas laufen und trank es in einem Zug aus. Dann ging ich ins Wohnzimmer, und ohne nachzudenken griff ich das Ölbild mit beiden Händen an seinem goldenen Rahmen und nahm es von der Wand. Einen Moment lang stand ich reglos da. Es war das erste Mal, dass ich dieses Bild aus der Nähe sah. Details stürmten auf mich ein – die Gesichter der Matrosen, die bedrohlichen Figuren am Strand, die Gischt auf den Brechern. Ich drehte das Bild um. Ein maschinengeschriebener Zettel war auf die braune Leinwand geklebt:

»Anonymus, Niederlande, 18. Jh., Bei Sturm am Meer«

In der Küche suchte ich nach einer großen Tragetasche. Endlich fand ich einen schwarzen Müllsack, steckte das Bild und den Ordner hinein und verließ die Wohnung leise, wie ein Dieb.

Ben sah aus dem Fenster auf die Häuser auf der anderen Seite der Gracht, auf das ungemachte Bett, in dem nie jemand zu schlafen schien. Den ganzen Morgen hatte er geschrieben, einen Brief an einen Unbekannten, an einen erwachsenen Mann, den er vielleicht nie kennenlernen würde und den er doch kannte, bis in die tiefsten Winkel seiner Seele. Es wurde Zeit, sich auf den Weg zu machen.

Jetzt endlich kann ich dir von meinem Besuch erzählen, von dem ich heute Nachmittag zurückgekommen bin, von dem Besuch bei Clara, der Frau, die mich auf der Trauerfeier angesprochen hat. Ich fand ihren Namen im Kondolenzbuch. *Clara Visscher, Amsterdam* stand da. Zuerst habe ich diesem Namen keine Beachtung geschenkt und bin nach Wien zurückgefahren zu Xenia und zu dir. Was auch immer passieren wird in den nächsten Jahren, ob wir einander nahe bleiben oder nicht: Ich habe dich geliebt – ich liebe dich, und ich vermisse dich, wenn ich nicht bei dir sein kann.

Vor zwei Wochen, während Marlenes Asche für die Überstellung in die Niederlande vorbereitet wurde, um dort neben ihrer Mutter beigesetzt zu werden, versuchte ich mich wieder in mein normales Wiener Leben einzufinden. Ich stand früh auf und brachte dich zum Kindergarten, nahm an Sitzungen teil, kaufte ein und aß am Küchentisch, ging ins Bett und lag schlaflos neben Xenia. Wir sprachen über

Alltägliches, tauschten kaum ein persönliches Wort, bis gestern, als ich hierherkam. Ich will nicht über Schuld reden. Ehrlich will ich sein, alles aufschreiben, damit du vielleicht einmal besser verstehen kannst, aber wer soll schuld sein an dieser Situation? Einige Male ist es mir durch den Kopf gegangen, dass Xenia vielleicht während der Wochen, die ich in Deutschland verbrachte, einen anderen gefunden hat, dass sie deshalb so distanziert ist, aus schlechtem Gewissen womöglich. Aber ich habe diesen Gedanken weggeschoben. Ein unbegründeter und unwürdiger Verdacht. Trotzdem, vielleicht wirst du es besser wissen.

Natürlich hatten die Briefe mir keine Ruhe gelassen, in denen Henk mich aufgab, aufzugeben schien, um ein neues Leben zu beginnen. Als ich gestern im Flugzeug saß, beschloss ich, Clara Visscher in Amsterdam zu besuchen. Sie hatte gesagt, dass sie meine Eltern gekannt hatte, vor vielen Jahren. Im Telefonbuch wurde ich sofort fündig. Ich ging direkt zu ihrem Haus, ohne sie vorher anzurufen.

Sie war nicht überrascht, mich zu sehen. Ich bin Clara, sagte sie, aber das wissen Sie ja. Kommen Sie rein. Möchten Sie eine Tasse Tee? Gehen Sie ruhig schon voraus ins Wohnzimmer. Ich bin gleich da.

Ich trat in einen großen Raum mit Blick auf eine ruhige, baumbestandene Straße. Er wirkte so vertraut auf mich, als wäre dies eine Rückkehr. Die Wände waren bis weit unter die Decke mit Büchern vollgestellt. Ein altes Ledersofa und zwei breite Sessel standen um einen niedrigen, ebenfalls mit Büchern bedeckten Tisch, und ich setzte mich, verblüfft über den Empfang. Ich sah mir die Bücher an: niederländische Literatur, vieles über Asien und über die Geschichte des zwanzigsten Jahrhunderts.

Mein Mann!, sagte eine Stimme hinter mir. Clara stand da, mit einem Tablett. Das war seine Arbeit.

War er Historiker?

Eigentlich nicht. Er war Direktor des Multatuli-Instituts, einer Stiftung, die der Aufarbeitung der kolonialen Unterdrückung gewidmet ist. Nehmen Sie Milch?

Nein, danke, sagte ich und nahm die Teetasse entgegen, die sie mir reichte. Der Tee hatte dieselbe Farbe wie die breite Bernsteinkette um ihren Hals. Wie viele ältere Frauen hier kleidete sie sich wie jemand, der noch etwas vom Leben erwartet. Über dem schwarzen Kragen ihrer chinesischen Seidenjacke wirkte ihr Gesicht weich und schwer. Es hellte sich zu einem zaghaften Lächeln auf, als sie weitersprach. Ihre Augen waren stark mit schwarzem Lidschatten nachgezogen.

Ich habe Sie erwartet, sagte sie. Ich war mir nicht sicher, ob ich zu der Trauerfeier kommen sollte, ich wollte Sie auf keinen Fall belästigen, aber als ich vom Tod Ihrer Mutter hörte, da stiegen so viele Erinnerungen in mir auf, ich wollte ihr noch einmal Respekt erweisen. Wie haben Sie mich übrigens gefunden?

Ihr Name im Kondolenzbuch.

Ach, natürlich! Ich hätte Ihnen gleich meine Adresse geben sollen, aber ich wusste nicht …

Und Sie haben meine Mutter gekannt?

Sehr gut sogar. Das war in Hamburg, vor vierzig Jahren. Sie lebte dort inmitten von Bierflaschen, Aschenbechern, Spielzeug und endlosen hitzigen Diskussionen und versuchte so etwas wie Ordnung zu bewahren. Ich habe an einer Geschichte gearbeitet über junge Holländer und radikale Politik, und ich habe über Bekannte von Marlene gehört, und von ihrem Mann, Henk, dem aufsteigenden Star unter den jungen linken Journalisten. Also bin ich hingefahren. Ich war auch Journalistin, Fotografin, und ich wollte dokumentieren, was sich da abspielte. Ich hatte kein Geld, und da haben Henk und Marlene mich bei sich übernachten lassen, ich wurde Teil von ihrem Kreis, von ihrer Welt. Sechs Wochen bin ich geblieben. Ich kann mich noch gut an Sie erinnern, als kleines Kind, spätnachts, tief schlafend auf dem Sofa, an Marlene geschmiegt, während die Erwachsenen durcheinanderriefen. Ein kleiner Junge mit blonden Locken, einem sonnigen Gesicht und einer Latzhose. Sie waren damals oft krank, und Marlene hat Sie nicht aus den Augen gelassen. Sie war eine gute Mutter. Aufopferungsvoll. Sie hat ihr Junges beschützt wie eine Löwin.

Und mein Vater?

Bei Henk lief alles zusammen. Alles drehte sich um Henk. Er war sehr ... sehr charismatisch. Ich habe mich damals wohl ein bisschen in ihn verliebt.

Und?

Nichts und. Er war viel zu beschäftigt, um mich wahrzunehmen. Und er hatte Marlene, mit ihr konnte ich nicht konkurrieren. Sie hatte etwas Hoheitsvolles, damals schon.

Aber sie konnte auch sehr herzlich sein. Wir haben uns angefreundet, obwohl sie mir eigentlich ein Rätsel geblieben ist. Ich weiß nicht, was sie damals wirklich wollte. Vielleicht wusste sie es selber nicht. Sie wirkte irgendwie verloren in Hamburg, ihrer Heimatstadt, in der sie seit ihrer frühen Kindheit nicht gelebt hatte, mit diesem Mann, dem Star. Sogar ihre Sprache war holländisch gefärbt. Sie hatte ja nur mit ihrer Mutter Deutsch gesprochen, Kinderdeutsch. Aber all die politischen Ausdrücke, die theoretischen Sachen, die kannte sie zuerst auf Holländisch, und wenn sie sich ereiferte, wurde ihr Akzent stärker. Vielleicht hat sie sich deswegen so auf ihre Mutterrolle geworfen. Die vermochte ihr niemand streitig zu machen. Ihr Sohn war der einzige Mensch, für den sie keine Fremde war. Vielleicht hat sie mich deswegen gemocht. Wir hatten eine gemeinsame Sprache, und ich hatte immer den Eindruck, dass sich ihr Körper merkbar entspannte, wenn wir miteinander sprachen. Sie musste dann nicht mehr auf den Zehenspitzen stehen, um am Gespräch teilzunehmen. Es erschöpfte sie. Sie war überhaupt sehr erschöpft.

War es eine gute Ehe?

Clara lachte kurz auf. Eine gute Ehe?

Ich meine: Haben sie sich geliebt?

Ich glaube: Sie hat ihn geliebt und er sich auch. Letztlich drehte sich alles nur um ihn. Sie hatte ihr Studium abgebrochen, als er den Job in Hamburg bekam, sie hat nie wieder weitergemacht, und sie war von ihm abhängig und brauchte ihn deswegen umso mehr, aber er, er hatte ein Leben außerhalb, auf der Straße, bei den vielen Veranstaltungen, in der Redaktion. Es war nicht einfach für sie, glaube ich, aber damals habe ich das nicht gesehen. Damals sah ich nur diese schöne Frau und ihren Mann, die ein freies, eigenständiges Leben führten, weg von den engen Niederlanden, von ihren Eltern, von der Vergangenheit. Vielleicht war ich sogar eifersüchtig, aber auf jeden Fall habe ich es damals genossen, für einige Wochen Teil davon zu sein. Damals sind Marlene und ich Freundinnen geworden.

Und dann?

Dann war meine Zeit vorbei, und ich fuhr zurück, und wir haben noch ein paar Mal telefoniert, aber einander dann aus den Augen verloren. Ich hatte dauernd irgendwelche Aufträge, und damals ist man auch noch nicht so viel gereist, und während dieser Zeit hat sie auch ihre Mutter kaum besucht, ich glaube, sie waren damals zerstritten.

Clara schwieg. Ich saß ihr gegenüber, die Teetasse in der Hand, wartete, dass sie weitersprechen würde, dass sie artikulieren würde, was unausgesprochen im Raum stand.

Dann kam Südamerika, sagte sie endlich. Die Reise, die alles verändert hat.

Was wissen Sie davon?

Sie zögerte einen Moment, blickte zum Fenster hinaus. Im kühlen Licht des Nachmittags wirkte sie plötzlich älter.

Ich weiß alles darüber, sagte sie dann: Ich war dabei.

Mit meinem Vater?

Ja. Wir haben uns damals zufällig dort getroffen. Das müssen Sie mir glauben. Er war Journalist und ich Fotografin. Ich wusste nicht, wer den Artikel schreiben würde, ich bin nur der Fotos wegen hingeflogen, des Abenteuers wegen.

Und Sie wurden auch entführt?

Sie sah mich ungläubig an.

Entführt? Nein. Es gab keine Entführung. Wissen Sie das nicht? Henk sollte damals einen Rebellenführer interviewen, und auf dem Weg dahin ist unser Auto kaputtgegangen. Wir waren gestrandet, irgendwo im Rebellengebiet. Bis uns jemand fand, bis wir abgeschleppt wurden und das Auto repariert war, sind fast zwei Tage vergangen, in einem Dorf, dessen einziges Telefon tot war, weil die Rebellen die Telefonleitung gekappt hatten. Als wir endlich unseren Verbindungsmann anrufen konnten, hatte der schon Alarm ausgelöst, und die Zeitungen hatten über unsere vermeintliche Entführung berichtet.

Aber er ist nicht zurückgekommen!

Er ist nicht zu Marlene zurückgekommen, sagte sie langsam. Nicht nach Deutschland. Er kam mit mir zurück, nach Amsterdam.

Ich habe seine Todesanzeige gesehen!

Clara stand auf und ging zum Bücherregal. Aus einem Holzkästchen holte sie ein Stück Papier, das sie mir reichte. Meinen Sie das? Das habe ich damals mit der Post bekommen, kommentarlos. Ich nehme an, Marlene hat sie selbst aufgegeben. So war sie. Sie hatte einen Hang zur großen Geste. Ein Mann, der sich gegen sie entschied, war für sie einfach gestorben.

Ich starrte auf den Zeitungsausschnitt in meiner Hand.

Sie hat mir gesagt, er sei tot, verschollen, ermordet. All die Jahre.

Das hat sie ... Aber wussten Sie denn nicht?

Ich wusste gar nichts. Oder vielmehr: Ich wusste, dass ich einen toten Helden zum Vater hatte.

Clara lachte.

Henk ist keines von beiden gewesen, sagte sie, glauben Sie mir.

Und dann? Was war danach?

Er wollte ein neues Leben.

Und sein Kind?

Das war der Preis. Das hat ihm Marlene gesagt. Wenn du nicht wiederkommst, hat sie gesagt, dann werden wir uns nie wiedersehen. Dann wirst du Benedict nie wiedersehen. Dann bist du tot für mich. Er hat das akzeptiert. Sie hat es so gewollt.

Sehr großzügig!, entfuhr es mir. Ich bedauerte sofort, das laut gesagt zu haben.

Es tut mir leid, sagte Clara. Ich weiß, das kann nicht einfach sein für Sie.

Ich muss jetzt gehen, sagte ich unvermittelt und stand auf.

Jetzt schon? Ich dachte, Sie werden noch viele Fragen haben. Ich will Ihnen antworten. Sie haben ein Recht darauf. Ich will Ihnen alles erzählen.

Ich muss gehen. Mir ist nicht gut. Ich kann nicht mehr. Ich werde, vielleicht morgen ... Ich melde mich.

Ich bin geflohen. Ich konnte nicht mehr zuhören, wollte kein Wort mehr hören müssen, wollte nur weg. Erst als ich längst wieder auf der Straße war, fiel mir ein, dass ich nicht einmal gefragt hatte, was aus meinem Vater geworden ist, nach seiner Rückkehr.

DRITTER TAG

EIN MANN IM schwarzen Anzug schreitet gemessen mit einer Urne über den Rasen, wie ein Dorfbürgermeister an einem Gedenktag. Er stellt die Urne auf ein brusthohes Podest in Form einer griechischen Säule, geht zwei Schritte rückwärts, bleibt stehen, verneigt sich und geht dann fort.

Da steht sie. Die Vögel singen in den Bäumen. Sommerlicht scheint durch die Blätter. Plötzlich beginnen Wasserfontänen um die Urne zu sprühen, wie in einem barocken Park. Alles ist sehr feierlich, man erwartet ein verborgenes Orchester, das zu einer Ouvertüre ansetzt, Dur-Akkorde, Goldbrokat und Ornamente.

Als ich letzte Nacht versuchte einzuschlafen, kam mir diese Szene in den Sinn. Es war ein Film über einen Budapester Pathologen, den ich einmal auf einem kleinen Schwarzweißfernseher gesehen hatte. Damals erholte ich mich selbst gerade von einer Operation (zwei Weisheitszähne waren entfernt worden) und stand unter starken Schmerzmitteln, die meine Wahrnehmung verzerrten und es mir unmöglich machten zu unterscheiden, was wahr und was eingebildet war.

Der Pathologe, ein bedächtiger Mann in den Fünfzigern, sprach über die Liebe zu seinem Beruf und darüber, dass die meisten seiner Kollegen unweigerlich zu Trinkern würden, er aber Trost bei seiner Familie fände, die ihm mehr bedeute als alles auf der Welt. Der Hauptteil des Films bestand aus einer unkommentierten und augenscheinlich nicht gestellten Obduktion, die in ihrer stillen, klinischen Sachlichkeit etwas Faszinierendes an sich hatte.

Ein Leichnam wurde auf einer Rollbahre in den Sezierraum gefahren und von drei Männern mit vereinten Kräften auf einen der Edelstahltische gehoben. Wortlos und mit sparsamen Bewegungen begann nun der Seziermeister, der dem Pathologen zur Hand ging, das Brustbein freizulegen und herauszusägen. Mit geübten Schnitten wurde die Lunge herausgetrennt und mit Wasser gereinigt, und in diesem Moment kam es mir so vor, als sähe ich das Organ des Toten zusammenzucken. Dann glaubte ich ganz deutlich zu erkennen, dass dieser Tote noch nicht tot war. Ruhig blähten sich die Lungenflügel und fielen wieder in sich zusammen, während sie mit einem langen, flachen Messer geöffnet wurden und Wasser herausquoll. Der Pathologe diktierte seinen Befund. Das Herz wurde als Nächstes auf den kalten Stahl gelegt, gleichmäßig schlagend und nur kurz zuckend, als der kalte Wasserstrahl es traf, um die Blutlache wegzuwaschen. Es wurde geöffnet und mit kundigen Handgriffen untersucht. Beinahe flüsternd verlief die Unterhaltung der Ärzte.

Der leere Rumpf des Toten lag nun da wie eine bleiche Tempelruine mit Torbögen, die eingefallen waren unter der Last der Zeit. Kaum merklich hoben und senkten sich die Rippenbögen.

Der Seziermeister hatte angefangen, die Kopfhaut über dem Nacken einzuschneiden, von dort über den Schädel zu ziehen und auf das Gesicht zu stülpen wie einen Handschuh. Dann machte er sich daran, den Schädel mit einer Motorsäge zu öffnen. Endlich war das Hirn freigelegt und wurde abgewaschen, gewogen und mit einigen Schnitten geöffnet und untersucht.

Als die Obduktion beendet war, begann der Seziermeister die Organe wieder in die leere Körperhöhle zu häufen, ohne irgendeine Reihenfolge zu beachten. Dann setzte er das Brustbein wieder an seinen Platz und begann die Brust mit großen Kreuzstichen zu vernähen, wandte sich zum Kopf, fügte das Hirn an der Schädelbasis ein, setzte die Schädelschale darauf und zog mit leise schmatzendem Geräusch den Skalp über den Schädel, sodass das Gesicht wieder sichtbar wurde unter den ungefähren Hügeln und Tälern der vorher darüber liegenden Haut. Es war mir, als kennte ich das Gesicht, war mir aber nicht sicher, denn der linke Unterkiefer des Toten hing schlaff über den Hals herunter. Der Mann musste in etwa mein Alter gehabt haben.

Mit einem Gabelstapler wurde der Leichnam in einer offenen Holzkiste über einen Gang gefahren. Der Seziermeister pfiff leise vor sich hin; hier endeten seine Pflichten. Aus einem geöffneten Türchen schlugen ihm Flammen entgegen, und der Gabelstapler schob die Kiste hinein. Deutlich konnte man noch den rechten großen Zeh über den Kistenrand herausragen sehen, versehen mit einem Namenszettel. Ein letztes Mal sah ich den Brustkorb sich heben.

Mit einem unerwarteten Filmschnitt befand ich mich im Freien. Ein Mann im schwarzen Anzug schritt gemessen und feierlich mit einer Urne über den Rasen, wie ein Dorfbürgermeister bei einer Zeremonie. Er stellte die Urne auf ein brusthohes Podest in Form einer griechischen Säule, ging zwei Schritte rückwärts, blieb stehen, verneigte sich und ging dann weg.

Da stand sie nun. Die Vögel sangen in den Bäumen. Sommerlicht schien durch die Blätter. Plötzlich begannen Wasserfontänen zu sprühen, wie in einem barocken Park.

Dann, auf Knopfdruck, stäubte die Asche in einer grauen Wolke waagrecht in das Wasserspiel hinein, kurz nur, mit einem Geräusch wie eine Dampflokomotive, die zum Stillstand kommt.

Die Strahlen verfärbten sich für einen Moment dunkel, hellten sich dann wieder auf und erstarben. Die Urne stand auf ihrem Sockel wie ein Gartenornament nach einem Sommerregen. Das Wasser aber lief ab in ordentlichen Kanälen, die in die Backsteinkatakomben der alten Stadtkanäle mündeten, und trug die Asche mit sich.

Marlenes Urne bleibt unauffindbar. Ein Mitarbeiter der Abteilung für Special Client Services meldete soeben, das Paket sei zugestellt worden, allerdings bestreite der Empfänger, ein Friedhof, es jemals gesehen zu haben. Es ist uns ein Rätsel, sagte die Stimme am Telefon, wir werden weiter nachforschen, ein Paket verschwindet nicht so einfach, schon gar nicht so ein Paket. Ordnungsgemäß eingeschrieben.

Meine ordnungsgemäß eingeschriebene Mutter lässt sich telefonisch verleugnen.

Ich weiß: Ich sollte Clara anrufen, mich entschuldigen für gestern. Ich sollte Xenia anrufen, möchte Saschas Stimme hören. Das Telefon liegt neben mir. Ich rühre es nicht an. Alles erhebt sich auf einmal, ungeordnet, der Pegel der Erinnerung steigt an, und alles, was seinen festen Ort gehabt hat, treibt einfach weg.

Mit vierzehn oder fünfzehn wurde ich Marlenes Schutzschild am Telefon. Damals begannen Ellys Anrufe und die Migränen. Am späten Nachmittag, wenn sie ihren Sherry-Pegel erreicht hatte, war es so weit. Sie warf Marlene vor, ihre Jugend und ihre Hoffnungen zerstört zu haben, sagte ihr immer wieder, dass sie ihr eigenes Glück für ihre Tochter aufgeopfert habe, für eine Tochter, die gleich mit dem ersten langhaarigen Anarchisten wegrannte und sogar das Land verließ, um sich nicht um sie kümmern zu müssen, damit sie schneller verrecken würde in ihrer Einsamkeit, aber diesen Gefallen würde sie ihr nicht tun, diesen Gefallen würde sie niemandem tun, sie hatte ihren Stolz, niemand könne sie so einfach aufs Abstellgleis stellen und auf ein Erbe hoffen; sie verlange, wie ein Mensch behandelt zu werden, wie ein Mensch und nicht wie ein Stück Dreck, denn für manche Leute sei sie nicht mehr als ein Stück Dreck, das hatte sie in diesem Land schnell begriffen, aber dass ihre eigene Tochter sie so behandelte, dazu habe sie sie nicht erzogen, dazu habe sie sich und ihr Glück nicht aufgeopfert.

Ich wusste, wie diese Tiraden Marlene trafen, deswegen nahm ich so oft wie möglich den Anruf entgegen und erfand Entschuldigungen. Das gelang nicht immer: Manchmal war Marlene vor mir am Telefon, manchmal konnte ich nicht überzeugend lügen, wenn Elly nach ihrer Tochter verlangte. Dann schloss sich die Tür hinter ihr, und ich hörte sie zuerst noch widersprechen, dann wurde es stiller, bis sie nach etwa einer Dreiviertelstunde auflegte. Danach war sie wie ein Schatten ihrer selbst. Du musst nicht mit ihr reden, hatte ich ihr immer wieder gesagt, leg einfach auf, wenn du hörst, dass sie wieder betrunken ist.

Sie ist doch meine Mutter. Ich kann nicht einfach auflegen, antwortete sie.

Die Migränen folgten nicht auf jeden dieser Anrufe, aber sie kamen oft. Dann lag meine schöne Mutter im völlig abgedunkelten Schlafzimmer und wimmerte vor sich hin. Ich durfte keinen Lärm machen. Kein Radio, keinen Fernseher, keine unvorsichtig lauten Schritte. Sie lag da, stundenlang, und konnte sich vor Schmerzen nicht bewegen, und wenn sie auf eine geflüsterte Frage tatsächlich versuchte zu antworten, so brauchte sie unendlich lang dafür. Hilfe gab es keine, ich konnte nichts tun, als ohnmächtig zuzusehen, wie sie von alten Wunden zerrieben wurde.

Nach ihren Anfällen hatte sie tiefe braungrüne Ringe unter den Augen, die erst nach Tagen wieder verschwanden. Es war der homöopathische Arzt, der sie von diesen Migränen befreite – zumindest hatte es so gewirkt, denn die Zeit, in der diese Zustände abklangen, und der Zeitpunkt von Ellys

Tod fallen ziemlich genau zusammen. Sie aber glaubte an diesen Arzt.

Trotz der Anrufe und der Beschuldigungen waren wir weiterhin in die Vermeerstraat gefahren, zu Oma und ihrem Hausfreund Tio Pepe. Jetzt, im Rückblick, sehe ich, dass Marlene sich nicht losreißen konnte. Ich erinnere mich noch gut, wie nervös sie auf der Fahrt war und wie sie jedes Mal sagte, diesmal würden es schöne Ferien werden. Die von ihr so geliebten russischen Schriftsteller hätten gesagt, sie habe eine unerlöste Seele.

Ich wusste, wie bedrückt meine Mutter war, aber ich entzog mich, mehr als je zuvor. Damals bin ich zum ersten Mal allein nach Amsterdam gefahren. Da habe ich entdeckt, wie es ist, selbständig zu sein. Nicht Sohn oder Schüler oder Nachbar oder Enkel, sondern einfach nur ein Typ, dem Leute begegnen, ohne seine Familie zu kennen und alles, was daran hängt. Es war das erste Mal, dass ich mich wie ein Erwachsener fühlte.

Es war Hugo, der vorgeschlagen hatte, Ben könne Malunterricht bei einer Bekannten in Amsterdam nehmen, einer seiner Schülerinnen, und so war Ben zum ersten Mal allein nach Amsterdam gefahren, und bald fuhr er wöchentlich zum Unterricht. Damals war er siebzehn. Marlene wollte es nicht, wollte nicht, dass er allein in Amsterdam sein würde, sie sah die Gefahren der Stadt.

Amsterdam bedeutete Freiheit: weite Kanäle, zerrissene Wolken, junge Leute auf den Straßen. Rachel, Hugos Schülerin, Bens Lehrerin, lebte im Jordaan im ersten Stock eines Grachtenhauses, in einem offenen Raum mit Möbeln, die sie auf der Straße gesammelt hatte. Sie musste unterrichten. Sie brauchte das Geld. Ihre Arbeiten – gerade arbeitete sie an einer Serie großformatiger, kantiger Figuren mit tief durchfurchten Gesichtern – hatten bisher so wenige Käufer gefunden, dass es nicht einmal für die Materialkosten reichte.

Ben ahnte nicht, wie widerwillig Rachel ihm die Tür öffnete. Er trat ein, und bevor er es begriff, fühlte er sich glücklich, so glücklich wie wahrscheinlich nie zuvor. Er war so überwältigt, dass er kaum auf ihre Fragen antwortete. Ja, er wollte Unterricht. Ja, er hatte schon gezeichnet. Ja, er hatte eine Mappe dabei. Die großen Fenster zum Kanal hin ließen ein gleißendes Licht in den Raum fallen, die Luft war gesättigt von Terpentingeruch; Fotos, Reproduktionen und Bilder hingen ungeordnet an der Wand, halbfertige Leinwände lehnten aneinander. Ein Regal trennte den Hauptteil des Raumes von einer Küchenzeile mit einem kleinen Gaskocher und einer offenen Dusche daneben.

Er war verwirrt von seinem Glücksgefühl, obwohl er anfangs nur langsam vorankam. Sobald er das Gefühl hatte, endlich so etwas wie einen Rhythmus gefunden zu haben, beendete Rachel die Stunde. Ich muss selber arbeiten, sagte sie, ich kann es mir nicht leisten, dieses Licht zu verpassen. Die Nachmittagssonne schien schräg in den Raum, durchschnitt ihn, ließ ihre blonden Haare aufleuchten und warf einen gleißend hellen Fleck auf ihr Schlüsselbein.

Und morgen?

Um dieselbe Zeit. Eigentlich sollte jemand anders kommen, ein Modell, aber der hat abgesagt.

Könnten wir etwas länger arbeiten?

Kannst du zahlen?

Ich hab kein Geld. Ich könnte dir Modell stehen, schlug er plötzlich vor.

Sie sah ihn an.

Gut, sagte sie, zieh dich aus.

Ganz? Ben zögerte.

Willst du mir Modell stehen oder nicht? Du kannst deine Kleider aufs Bett legen.

Er erhob sich und ging zum Bett. Langsam streifte er sein T-Shirt ab, die Schuhe, dann die Hose, schließlich stand er ganz nackt da, siebzehn und sehnig, erregt bei dem Gedanken, dass eine Frau ihn ansah.

Leg dich da hin, sagte sie, nein, mehr nach links ins Licht, so ist besser. Stütz dich auf den Ellbogen auf, den Kopf nach unten. Ein Bein aufgestellt ... so, etwas noch ... gut. Beweg dich so wenig wie möglich.

Sie begann konzentriert zu zeichnen. Er fühlte sich ihren Blicken ausgeliefert, spürte, wie sie ihn studierte, eine bange, herrliche Gewissheit. Nach einigen Minuten gewöhnte er sich an die Situation. Er beachtete Rachel nicht mehr. Er fühlte die Sonne, die ungeheure, schwebende Möglichkeit dieses Tages. Staubkörner bewegten sich in dem Sonnenstrahl, der den Raum durchschnitt, unendlich viele winzige Planeten, die träge durcheinanderwirbelten, jeder einzelne scheinbar zufällig und doch unverbrüchlichen Gesetzen folgend, und seine Gedanken schwebten zwischen ihnen. Die Wollust eines Sommernachmittags erfüllte den Raum, ergriff allmählich Besitz von seinem Körper. Er wagte es nicht, die Position zu wechseln, nicht, Rachel anzusehen, sah an ihr vorbei, dann, wie magnetisch angezogen, sah er ihr in die Augen.

Es ist heiß, sagte sie, ich weiß.

Sie legte ihren Zeichenblock weg und kam zu ihm. Er lag auf dem Rücken. Wie nebenbei begann sie, mit der Zeichenkohle, Linien auf seinen Oberschenkel zu zeichnen, dann auf seinen Bauch. Er zuckte zusammen. Die Kohle kratzte auf seiner Haut. Ihre Finger zogen die Linien nach. Dann setzte der Stift tief zwischen seinen Schenkeln an und zog langsam und ohne abzusetzen einen schwarzen Strich aufwärts, zögernd, aber fest über faltige Haut und dann bedächtig über glatt gespannte, weiter hinauf. Eine schwarze Linie, die ihn in zwei Hälften teilte. Schwarz auf blasser Haut, schwarz auf Rot. Er fühlte sich verwundbar, und er fühlte sich unendlich stark. Lektion Nummer eins, sagte sie leise, Licht und Schatten. Sie verwischte die Linie langsam mit der Fingerspitze, mit der Zunge. Schwarze Finger hinterließen Abdrücke auf seinen Oberschenkeln, auf seinem Bauch, als sie sich auf ihm abstützte. Zuerst lag er fast unbeweglich da, wagte es kaum, sie anzufassen, als sie sich über ihn kniete. Dann regte sich eine Macht, dunkel und hell zugleich, Licht und Schatten, seine Bewegungen antworteten auf ihre, Kraft gegen Kraft, Haut auf verschmierter Haut.

Danach lag Ben auf dem Bett – bunte Baumwolldecke, kohlschwarze Flecken, Abdrücke von Händen und Schenkeln, schwarz überall –, noch betäubt von dem, was gerade durch ihn hindurchgegangen war. Es war der erste der klaren Momente, die ihn später immer wieder heimsuchten; wie scharfgestellt, wie eine Kamera, die sieht, hört, riecht und denkt, ein seltsamer Mechanismus, der sich selbst beobachtet.

Er hatte die Augen offen und durch das Küchenfenster direkt auf einen Schornstein auf dem Nachbarhaus gesehen. Noch nie war ihm etwas wirklicher erschienen als die teeriggrau gekörnte Dachpappe, gegen die sich das Rot der vom grauen Mörtel durchäderten Ziegel abhob, ein Leuchtturm in der blassen Morgenwelt, das schwarze Geäst einer Antenne gegen den gleißend fahlen Himmel.

Das alles war klar wie unter einer Lupe, die einzelnen Formen scheinbar ausgeschnitten und hervorgehoben aus dem Hintergrund, es überwältigte ihn fast. Er roch den Muskatgeruch des fremden Körpers an seinem eigenen, und gleichzeitig meinte er, er könne den bitteren Duft der Dachpappe auf seiner Zunge schmecken. Dachpappe, dunkel wie die verwischten Flecken auf seinem Körper. Es war ganz still. Ein Vogel hatte angefangen zu singen, so nah, als würde er auf dem Bettrand sitzen. Es war der Anfang eines neuen Lebens.

Rachel war so, wie sie war, aufgestanden, hatte ihren Zeichenblock ergriffen und begann ihn in dieser Pose zu zeichnen, mit schnellen, instinktiven Strichen. Sie drückte hart auf, die Kohle brach zweimal ab. Ben lag da, völlig erschöpft, und wusste, dass ab jetzt alles anders sein würde.

Marlene war überrascht, wie sehr Ben den Malunterricht liebte. Er verbrachte ganze Tage in Amsterdam und kehrte zurück mit gefüllten Skizzenblöcken, die er ihr nicht zeigte. Er wollte Elly meiden, so viel war sicher, dachte Marlene, aber womöglich flüchtete er auch vor ihr? Sie ließ ihn gewähren, beobachtete, wie viel selbstbewusster er auftrat. Es tat ihrem Jungen merkbar gut, sich in einer Großstadt zu bewähren.

Ich bin nervös seit gestern Abend, seit ich bei Clara aus dem Haus gestürmt bin. Ich habe getrunken, danach. Ich bin in die erstbeste Bar gegangen und habe Rotwein bestellt. Als der Kellner zum Nachschenken kam, bat ich ihn, die Flasche dazulassen. Später im Hotel habe ich am Fenster einen Joint geraucht und bin voll von schweren Gedanken und Bildern in den Schlaf gefallen. Ich notiere es der Vollständigkeit halber, damit du weißt, dass ich nichts verbergen will.

Mit achtzehn fuhr ich zum letzten Mal in die Vermeerstraat. Marlene hatte mich frühmorgens geweckt, zu Hause in Ellerbach. Sie sagte, ich solle mich sofort anziehen, wir müssten los, ihrer Mutter gehe es nicht gut. Ich fragte, ob sie jemand angerufen hätte, und sie antwortete, ihre Mutter habe selbst angerufen und sei so sanft gewesen, so versöhnlich, dass irgendetwas los sein müsse. Marlene sprach wenig während der Fahrt, wirkte in sich versunken. Ihre Finger krampften sich um das Lenkrad, und manchmal hatte ich den Eindruck, dass sie mich vergessen hatte und ganz verloren war in der Erinnerung an vergangene Tage und der Angst vor dem, was uns erwarten würde.

Ich weiß es noch genau, wie wir ankamen und durch den verwilderten Vorgarten gingen und klingelten, einmal, zweimal, dreimal. Keine Antwort. Ich sah durch das Fenster ins Vorderzimmer. Der Tisch, an dem Veenstra seine Zeitungen gelesen hatte, war bedeckt mit Zeitungen, Rechnungen und aufgerissenen Kuverts, eine leere Flasche als Briefbeschwerer obendrauf. Marlene nahm den Reserveschlüssel, der unter einem Stein rechts vom Eingang lag, und schloss auf.

Den Geruch, der uns überfiel, vergisst man nicht mehr. Den Geruch und das zornige Summen der Fliegen, die uns entgegenkamen wie schwarze Hagelkörner.

Wir mussten die Tür aufstoßen; Kartons mit Einkäufen versperrten den Weg in den Vorraum. Elly hatte seit einiger Zeit Probleme mit dem Gehen und sich dreimal in der Woche die Einkäufe bringen lassen, offensichtlich aber schon seit längerem nichts mehr gegessen: Bleiche Kartoffeltriebe reckten sich kniehoch dem Fenster zu. Pakete mit Fleisch und Käse verbreiteten Verwesungsgeruch, aus den Falten der Papierverpackung krochen Maden. Fliegen überall, ein dichtes, erbostes, wolkenhaftes Summen. Nur der Sherry, der zur festen Einkaufsliste zählte (zwei Flaschen pro Karton), fehlte. Marlene rief nach ihrer Mutter. Im Haus blieb es still. Sogar die Großvateruhr hatte aufgehört zu ticken.

Mutti?

Stille.

Vorderzimmer und Wohnzimmer waren leer. In der Küche klumpten die Fliegen an einem alten Schinken. Marlene stieg die Treppe hinauf, einen schmalen Weg zwischen leeren Flaschen und notdürftig zugeknoteten Müllsäcken, die von der untersten bis zur obersten Stufe reichten. Das Plastik raschelte bei jedem Schritt.

Wir fanden Elly im Schlafzimmer. Sie lag im Bett, und es war offensichtlich, dass sie seit Tagen nicht mehr hatte aufstehen können. Flaschen, Zigaretten und Aschenbecher, Zettel mit Notizen, Brandlöcher und Flecken in der Bettdecke, Schmutz, ein geballter Gestank, dazwischen eine kleine Gestalt, zusammengeschrumpft, die kurzen Haare um ein Eidechsengesicht, das Gebiss hervorstehend wie bei einem Totenschädel. Sie vermochte kaum noch zu sprechen und sich zu bewegen. Einige Fliegen saßen träge an Decke und Wänden, an der Lampe, dem Schminktisch, eine sogar auf Ellys Wange.

O Gott, Mutti, sagte Marlene, vor sich hin murmelnd, das kannst du doch nicht machen, so kannst du doch nicht hierbleiben, es ist doch schmutzig, und das Bett und ... Komm, ich mach das, ich helfe dir, zuerst mal müssen wir ...

Elly lag nur da und sah uns an, mehr wie ein Tier als ein Mensch.

Ich rufe den Notarzt, sagte ich, und Marlene, die immer noch versuchte, unter dem Chaos die alte Ordnung zu finden, starrte mich an.

Was soll denn werden?, fragte sie.

Was schon? Sie werden sie mitnehmen. Sie werden ihr helfen. Das hätte längst schon passieren sollen.

So wurde meine lebenslustige Großmutter ins Krankenhaus gebracht. Die Sanitäter, zwei kräftige Kerle mit breiten Armen, legten sie auf eine Trage und bugsierten sie die steile Treppe hinunter. Leicht wie eine Feder, sagte einer der beiden, wie ein zehnjähriges Kind. Haben Sie denn nicht aufgepasst auf Ihre Mutter?

Marlene brach in Tränen aus, sie wollte antworten, aber sie schluchzte so sehr, dass ihre Antwort nicht zu verstehen war.

Geht mich ja auch nichts an, sagte der Sanitäter. Nicht wahr, Frau Veenstra? Wir nehmen Sie jetzt mit auf einen kleinen Ausflug.

Elly reagierte nicht. Mit großen Augen lag sie da, als sie in den Krankenwagen geschoben wurde; und Marlene saß neben ihr und hielt ihre Hand, immer noch schluchzend. O Mutti, sagte sie nur immer wieder, o Mutti.

Im Krankenhaus wurde sie erst einmal untersucht und sofort an einen Tropf gehängt. Sie ist völlig dehydriert, sagte ein junger Arzt, das kann passieren bei alten Leuten, aber so habe ich es noch nie gesehen. Morgen werden die ersten Untersuchungen abgeschlossen sein, sagte er, dann wissen wir mehr. Als Marlene und ich am folgenden Tag ins Krankenhaus kamen, sagte der junge Arzt schon im Korridor, dass Elly nur noch wenige Wochen zu leben habe. Ich kann Ihnen nicht sagen, woran sie sterben wird, sagte er, ihre Leber ist völlig zerstört, sie hat Krebs im Spätstadium, Metastasen überall. Außerdem ist sie fast völlig erblindet und sehr verwirrt. Es ist besser so. Ihre Infusion enthält Alkohol, sonst würde schon die plötzliche Entwöhnung sie umbringen.

Marlene und ich haben das Haus aufgeräumt und uns durch den Dreck der Vergangenheit gewühlt, in dem Elly versunken war. Das Haus war nicht groß, aber die Ordnung, die einmal geherrscht hatte – der militärische Drill des vorderen Zimmers, die bürgerliche Würde des Salons –, hatte der Einsamkeit nicht standgehalten. Ich kannte dieses Haus seit Kindheitstagen, kannte jedes Möbelstück und jeden Quadratmeter, aber jetzt schien es mir fremd. Zuerst verstand ich es nicht, dann aber merkte ich: Es gab kein Innen und Außen mehr, kein anderes Prinzip als die Hilflosigkeit eines Menschen, der kaum mehr als tasten kann und alles in Griffweite braucht, was zum Leben nötig ist. Zuerst waren überall die Flaschen, versteckt hinter Vorhängen, in Schubladen, unter dem Sofa und auf der Toilette, Flaschen aus einer Zeit, in der sie noch versucht hatte, den neugierigen Nachbarn vorzumachen, dass alles in Ordnung wäre, dass sie sich perfekt eingelebt hätte in der Vermeerstraat, eine anständige Frau. Letztlich waren es acht Müllsäcke voller Sherry-Flaschen, die ich wegbrachte. Das Ende von Tio Pepe, dem Hausfreund.

Elly war stolz gewesen auf ihr Haus. Sie hatte es sich erobert, erlitten, verdient; und sie hatte peinlich darauf geachtet, dass alles am richtigen Ort stand. Täglich war sie mit dem Staubwedel durch die beiden Räume unten gegangen, hatte zurechtgerückt, Blumen gewechselt, Kissen arrangiert. Ihr Ritual, auch lange nach Veenstras Tod.

Wann hatte sie das aufgegeben? Wühlen und ordnen in einem fremden Leben, Flaschen, Fliegen und Maden überall, vertrocknete Blumensträuße, dazwischen Schmuck und Bargeld, Flecken unbekannter Herkunft, im Garten Unkraut und Brennnesseln, die am Rand des Kanals mannshoch aufgeschossen waren. Mit einem Küchenmesser kämpfte ich mich durch dieses Dickicht. Da war es wieder, das kleine Rinnsal mit dem Entenflott. Ich hielt mich an einem Ast fest und tauchte eine Schuhspitze ins Wasser. Kleine grüne Punkte bedeckten das Leder.

Ich ging zurück ins Haus, ins Wohnzimmer. Da standen die Fotos von Elly und Veenstra aus besseren Tagen, er korrekt gekleidet und um Würde bemüht, sie auf der Sessellehne neben ihm sitzend, ihren Arm um seine Schulter, mit einem ironischen Glitzern im Blick, katzenhaft elegant. Die Tischdecke, auf der das Foto in seinem silbernen Rahmen stand, hatte Brandlöcher von fallen gelassenen Zigaretten, Flecken von umgestürzten Gläsern. Sie war eine schöne Frau gewesen. Auf den alten Fotos lächelte sie. Fünf Wochen lebte sie noch, aus reinem Willen, wie die Ärzte sagten.

Ich muss gestehen, dass ich damals nicht um Elly getrauert habe. Die Anrufe, die peinlichen Auftritte und ständige Missbilligung waren jetzt vorbei, und als egoistischer Teenager war ich froh darüber. Was mich allerdings bitter enttäuschte, war, dass ich in diesem Sommer nicht den Malkurs besuchen konnte wie im vergangenen Jahr. Ich hatte eine Lehrerin in Amsterdam gefunden, Hugo de Zwart hatte sie empfohlen, und ich hatte mit ihr gemeinsam wesentliche Fortschritte gemacht (vielleicht war ich auch ein bisschen verliebt in sie). Jetzt aber war ein ganzes Haus zu entrümpeln und meine Mutter übernächtigt, überspannt und voller Kummer. Ich bin also nicht hingefahren und habe die Lehrerin, Rachel, auch nie wiedergesehen. Ich vermisse sie manchmal.

Marlene war nicht nach Holland gefahren im nächsten Jahr – zum ersten Mal, seit sie das Geld dazu gehabt hatte. Ich protestierte nicht. Ich wusste, dass sie diese Reise nicht ertragen hätte, eine Reise in die Fremde, denn das Haus in der Vermeerstraat war längst verkauft, auch wenn der Erlös zu kaum mehr gereicht hatte, als Ellys Schulden zu begleichen – Tio Pepes späte Rache. Sie hätte in ein Hotel ziehen müssen. Undenkbar.

Bald darauf war ich weggezogen, nach Wien, hatte angefangen zu studieren. Natürlich dachte ich immer wieder an den letzten Sommer, in dem ich in Amsterdam zeichnen gelernt und Modell gestanden hatte. Bald war es aber, als hätte es diesen Sommer nie gegeben, als wäre alles nur in meiner Phantasie passiert, ein Hirngespinst, das mich nicht loslassen wollte. Ich blieb allein, in der Schwebe, schaffte es einfach nicht, in einem eigenen Leben anzukommen. Hinter mir lag die Kindheit mit Heldenvater und Rückzug in den eigenen Kopf. Was vor mir lag, konnte ich nicht wissen. Mein tägliches Bestehen schien mir kaum mehr als eine hastige Skizze eines wirklichen Lebens, hingeschludert mit brüchiger Zeichenkohle.

Die eigentliche Gefahr, die jeden möglichen Lebensentwurf bedrohte, war meine Liebe zur Vollkommenheit, mein Bedürfnis nach ihr, meine Furcht vor dem Zufall. Es machte mir Angst zu denken, dass alles anders hätte kommen können: Wenn Elly damals nicht Veenstra begegnet wäre, wenn Veenstra etwas jünger gewesen wäre, oder wenn sie stattdessen einen Engländer getroffen hätte, wenn eine junge holländische Journalistin sich vor vierzig Jahren ein Hotel hätte leisten können, wenn Henks Auto auf irgendeiner Straße im Hinterland von Kolumbien nicht kaputtgegangen wäre, wenn Marlene danach den Mut gehabt hätte, nach Holland zurückzugehen; ich, wenn es mich überhaupt geben würde, wäre jetzt ein anderer, ein Mensch mit einer Geschichte, die ihm so intim vertraut und so unvermeidlich erscheinen würde wie meine eigene. Es machte mich schwindlig, mich als eine Summe von Zufällen zu begreifen. Mein tägliches Leben schien wie eine hässliche Parodie, ein Angriff auf die geordnete Schönheit, die subtile Komposition, die ein Kunstwerk ausmacht.

Auch wenn ich jetzt mehr weiß als noch vor einer Woche – den Offenbarungseid des Heldenvaters –, ich habe dieses Gefühl schon lange gekannt. Seit ich ein Kind gewesen war, legte sich Angst vor dem Zufall wie ein Schatten über jede Möglichkeit. Vielleicht war es der Kontrast zwischen dem perfekten Abschluss, den Henks Leben gefunden hatte, und den unglücklichen Improvisationen, die

Marlenes Leben ausmachten. Ich wollte nicht einfach weiterimprovisieren. Ich wartete ab und versuchte zu verstehen. Jeder Schritt, jede Begegnung konnte mich in eine unvorhergesehene Richtung zwingen. Jeder Moment hat seine eigene Schwerkraft.

Trotzdem hat etwas sich geändert, plötzlich und wunderbar, als du geboren wurdest. Plötzlich Vater, verheiratet. Wirklichkeit. Zufall. Xenia war am Anfang nur eine Figur an der Peripherie meines Lebens gewesen, unerreichbar und über meinem Niveau. Wir hatten nicht wirklich an eine gemeinsame Zukunft gedacht, aber sie hat etwas geweckt in mir, eine Neugier. Ich wollte dieses eine mögliche Leben kennenlernen und erkunden. Als sie schwanger wurde (sie ist übrigens der Frage immer ausgewichen, ob es wirklich ungewollt war), habe ich enorme Erleichterung gespürt. Die Entscheidung wurde mir abgenommen. Ein Weg lag vor mir, unvollkommen, aber klar. Endlich wusste ich, was zu tun war. Als ich dich zum ersten Mal in den Armen hielt, habe ich verstanden, dass die Jahre der Schockstarre vorbei waren.

VIERTER TAG

GLEICH AM MORGEN hatte er Clara angerufen. Am Nachmittag hatte sie einen Krankenbesuch zu machen. Ob er gleich kommen wolle? Er ging sofort los. Eine halbe Stunde später saß er wieder in dem büchergefüllten Wohnzimmer, eine Tasse Kaffee in der Hand. Gleich beim Hereinkommen hatte Clara ihn gebeten, sie zu duzen.

Das letzte Mal, begann er, du wolltest mir erzählen, was damals wirklich passiert ist.

Was willst du wissen?

Alles, von Anfang an. Ich muss begreifen, was damals vorgefallen ist. Du bist mit ihm in Südamerika gewesen?

Ich war Fotografin damals, und ich arbeitete für eine Zeitung hier, *Trouw*. Ich hatte ihn in Hamburg kennengelernt, aber eigentlich nicht besonders gemocht. Er war ein Angeber, fand ich, viel zu eingenommen von sich selbst. Marlene war meine Freundin. Ich habe sie bewundert und ihr Leben dort, die intellektuellen Freunde, die langen Nächte. Wir haben eine neue Gesellschaft geplant, ein sozialistisches Paradies. Ich weiß, dass das heute fürchterlich kindisch klingt, aber wir haben daran geglaubt, damals.

Und dann?

Zuerst einmal ist gar nichts passiert. Ich bin nach Amsterdam zurückgefahren, habe andere Geschichten gemacht. Und dann haben sie mich nach Südamerika geschickt, für ein Interview mit einem Rebellenführer. Und da war er wieder, Henk, der Journalist aus Hamburg, den ich so unsympathisch fand.

Manchmal hat man einfach keine Wahl. Wir sind gemeinsam gefahren, ins Rebellengebiet. Und da ist dann unser Auto zusammengebrochen. Irgendwas mit der Ölpumpe, und in dem Dorf, in dem wir bleiben mussten, gab es dieses Ersatzteil nicht, also sind wir dageblieben. Es waren nur wenige Häuser an einem Berghang, Hütten eigentlich, und eine Tankstelle mit Werkstatt. Es war spätnachts, als wir den Ort erreichten, zu Fuß zuerst, denn das Auto hatten wir stehen lassen müssen.

Wir hätten es fast nicht gefunden, im Dunkeln, aber unser Fahrer meinte, es wäre gefährlicher, im Auto zu bleiben, und er kenne den Weg. Es war kühl, und Henk hatte mir seine Jacke gegeben und ging neben mir. Er half mir, wenn ich stolperte, er sprach mit mir auf Holländisch, denn ich sprach fast kein Spanisch (seins war perfekt, so schien es mir damals) und konnte mich kaum mit dem Fahrer verständigen. Nach drei Stunden sahen wir dann ein schwaches Licht, das durch die Nacht schimmerte. Ich dachte, da wäre irgendwer mit einer Taschenlampe, und ich bekam Angst, weil ich glaubte, es könnten vielleicht Rebellen sein. Ich zitterte vor Kälte, und Henk legte mir den Arm auf die Schulter.

Wir hatten beschlossen, auf das Licht zuzugehen und zu riskieren, dass wir früher als geplant auf die Rebellen trafen. Wir fanden die Tankstelle, von einer einzigen Glühbirne beleuchtet, die über der Zapfsäule von ihrem Kabel hing und sich im Wind hin und her bewegte. Sonst gab es kein Lebenszeichen. Der Fahrer klopfte an eine Haustür, er erkannte den Ort. Nach einigen Minuten erschien ein gedrungener Mann in Trainingsanzug, musterte uns kurz und nahm uns mit in seine Hütte. Er war der Tankwart, und er wies uns einen der beiden Räume in der Hütte an. Wir schliefen auf irgendwelchen Decken und Mänteln, die er uns gegeben hatte. Er teilte sich einen Raum mit dem Fahrer, und ich war mit Henk im anderen Zimmer.

Damals seid ihr euch nahegekommen, stellte er fest.

Nein, nicht an diesem Abend. Später. Zuerst war ich zu müde, zu durchgefroren und zu verängstigt, um an so etwas nur zu denken. Am Tag haben wir dann das Auto zur Tankstelle geschleppt, und unser Fahrer, Iwan, hat sich das Auto des Tankwarts ausgeborgt, um in die nächste Stadt zu fahren und das Ersatzteil zu besorgen. Er war zwei Tage weg, und wir waren ganz allein am Ende der Welt, in einer grob gemauerten Hütte. Ernesto, der Tankwart und unser Gastgeber, war ein seltsamer, zurückgezogener Mensch, der in seinem Zimmer meistens Radio hörte und über einem Schachbrett brütete, auf dem keine Figuren standen, wenn er nicht an der Tankstelle herumhing und sich langsam betrank. Er schien daran gewöhnt zu sein, mit niemandem zu sprechen, und antwortete auf Henks Fragen einsilbig und ohne Interesse.

Es war Sommer, und tagsüber zog eine schwüle Hitze

auf. Wir wollten uns nicht weit von der Tankstelle entfernen, und so saßen wir zusammen, mit oder ohne Ernesto, und unterhielten uns. Henk war damals einer dieser jungen Journalisten, die wirklich für eine bessere Welt kämpfen wollten, ohne Privateigentum, ohne Unterdrückung, ohne Faschismus und Diktatur. Er sprach sehr leidenschaftlich, das hat mir gefallen.

Clara nahm einen Schluck Kaffee und sah zum Fenster hinaus. Ihr Gesicht wirkte in der fahlen Helligkeit eines regnerischen Amsterdamer Tages jünger, klarer als vorher.

Henk war Trotzkist damals. Er glaubte, dass nur eine ewige Revolution die Gesellschaft davor bewahren könne, wieder in den Faschismus hineinzukippen. Dafür seien auch zivile Opfer akzeptabel. Für den Weltfrieden und ein Ende der Unterdrückung waren ihm auch »ein paar Millionen Unterdrücker und Opfer der Geschichte« nicht zu viel.

Schon damals, in Kolumbien, hat mich dieses Gerede abgestoßen, aber seine Begeisterung, der Arm, den er in der Nacht um mich gelegt hatte, seine vertraute Stimme inmitten dieser fremden Umgebung, in der hinter jedem Baum Gefahren zu lauern schienen – ganz abgesehen von den Rebellen gab es auch Tiere, vor denen man uns gewarnt hatte –, all das zog mich sehr an.

Da wusstet ihr noch nicht, dass man euch für tot erklärt hatte.

Davon haben wir erst Tage später erfahren, als wir in die Hauptstadt zurückkamen. In den umkämpften Gebieten erreichten uns kaum Nachrichten. Das Telefon in der Tankstelle war während der Kämpfe einige Tage vorher gekappt worden. Wir hatten damals also eigentlich nur einander, und wir haben uns viel erzählt. Ich dachte natürlich an Marlene, aber Henk hatte seine eigene Weise, sich zu rechtfertigen. Eifersucht wäre eine alberne Erfindung der bürgerlichen Gesellschaft, nichts weiter als patriarchalisches Besitzdenken, ein Unterdrückungsmittel, ein Instrument der sozialen Kontrolle. Wer das sexuelle Verhalten kontrolliert, der kontrolliert auch das Denken, sagte er, und das hat die Bourgeoisie schnell begriffen. Er sah sich selbst als befreit, er stand über solchen Kleinlichkeiten. Ich habe ihm das schon damals nicht abgenommen, aber ich brauchte ihn, und es war mir gleich, was er sich selbst erzählte.

Gleichzeitig aber zeigte sich hinter seinen theoretischen Exkursen eine Art Unglück, das viel größer war, als ich geglaubt hatte. Die Ehe der beiden war, glaube ich, schon länger zerrüttet. Sie hatten nur geheiratet, um seine Eltern zu beruhigen, und sein Vater, ein bekannter Richter, der mit seinen harten Urteilen große öffentliche Aufmerksamkeit und auch Feindschaft erregte, war seinem Sohn so dankbar gewesen, dass er sein Leben in einer eleganten Wohnung in Hamburg mitfinanziert hatte, aus dem einfachen Grund, dass er ihn so zumindest nicht zu Hause bloßstellen würde mit seiner deutschen Frau.

An der Tankstelle gab es einen unerschöpflichen Vorrat an Bier, und in der feuchten Hitze, in der sein Hemd schon am späten Vormittag schweißnass war, trank Henk eine Flasche nach der anderen. Ein großer Druck schien auf ihm zu lasten, und am dritten Tag, an dem Iwan am späten Nachmittag endlich mit dem Ersatzteil auftauchte, nachdem wir die Hoffnung schon fast aufgegeben hatten, am dritten Tag sagte er mir einmal, dass er sich hier, mitten im Busch und umringt von giftigen Schlangen und bewaffneten Rebellen, freier und glücklicher fühlte als in der geräumigen Hamburger Altbauwohnung, die er sich vom Geld seines Vaters gemietet hatte. Er war wirklich einen Moment lang enttäuscht, als Iwan gekommen war, fast so, als hätte er gehofft, auf ewig in diesem Niemandsland festzusitzen.

Henk war damals verzweifelt. Ich habe natürlich nur seinen Teil der Geschichte gehört, aber an jeder Geschichte ist schließlich etwas Wahres. So wie er es darstellte, hatte er Marlene bei Freunden kennengelernt, in Amsterdam. Sie war jünger als er, und sehr hübsch. Sie studierte Kunst oder Kunstgeschichte und war gerade erst von zu Hause ausgezogen. Sie wollte fort, sagte Henk immer wieder, sie wollte eigentlich nur fort. Sie suchte nach allem, was ihrer Herkunft widersprach. Dieser Enge zu Hause, mit einem Stiefvater, der ihr Großvater hätte sein können.

Sie gehörte nirgendwo dazu und kannte niemanden, und deswegen hat sie sich regelrecht an Henk geklammert. Zuerst amüsierte ihn das, dann schmeichelte es ihm, und bald landeten die beiden miteinander im Bett. Anfänglich schien ihr der Übergang vom bürgerlichen Schulmädchen zur Geliebten eines stadtbekannten anarchistischen Studenten-Journalisten nicht schwerzufallen, dann aber zeigten sich die ersten Risse. Sie interessierte sich nicht für Politik. Sie begann regelrecht eifersüchtig darauf zu sein, wie ihn seine politische Tätigkeit beanspruchte. Und nicht nur auf die politische Tätigkeit. Auch seine unkonventionellen Ideen über Eifersucht und Treue führten immer wieder zu argem Streit. Mir gegenüber hat er praktisch zugegeben, dass er mehrere Geliebte hatte, damals.

Darüber hat sie nie etwas gesagt, warf Ben ein. Er fühlte sich bleiern müde und gleichzeitig hellwach.

Warum haben sie dann geheiratet?

Du warst unterwegs. Für Henks Vater war es anfangs sehr schwer, eine deutsche Schwiegertochter zu akzeptieren, aber sein Sohn brachte ihn in eine unhaltbare Situation, und so kamen sie dann zu dem Arrangement, dass Henk mit seiner jungen Frau erst einmal nach Deutschland übersiedeln würde. Ein goldenes Exil, sozusagen. Er hat es nicht über sich gebracht, die Sache mit deiner Mutter abzubrechen. Sie war jung und orientierungslos, und so verzweifelt bei dem Gedanken, mit einem Kind nach Hause zurückkehren zu müssen, dass ich gar nicht anders konnte, hat er mir erzählt.

Und was dann, nach der Reise?

Henk hat sich noch im Rebellengebiet entschlossen, nicht mehr zurückzukehren nach Hamburg. Er würde in Amsterdam bleiben, sich ein neues Leben aufbauen. Allerdings war dieser Entschluss nicht so unvermittelt, wie er scheint. Die Wahrheit war, dass es auch in anderer Hinsicht eng geworden war für ihn.

Eng?

Er hatte sich weit vorgewagt in der Hamburger Szene damals. Er war schon immer eine dominante Persönlichkeit, und als Veteran der Aktionen von Amsterdam umgab ihn eine gewisse Aura. Damals heizte sich die politische Situation immer weiter auf, und eines Nachts stand dann Besuch vor der Tür.

Was für ein Besuch?

Zuerst war es der Staatsschutz, dann der Geheimdienst. Sie haben die Wohnung durchsucht, weil sie ihn verdächtigten, mit Terroristen in Kontakt zu stehen.

War das so?

Das weiß ich nicht. Bevor sie untertauchte, war Ulrike Meinhof bei ihnen ein und aus gegangen, und auch mit anderen Mitgliedern der radikalen Szene hatte es so etwas wie Freundschaft gegeben, aber Henk hat immer bestritten, selbst beteiligt gewesen zu sein. Und dann, als die Geheimdienstoffiziere weg waren, als er gerade seinen Sohn auf dem Arm hatte, dich, weil du mitten in der Nacht aufgewacht warst und nicht wieder einschlafen konntest, klingelte es nochmal. Diesmal war es nicht der Staat, sondern einer von denen, die gesucht wurden. Vielleicht war es Ulrike selbst, das hat er mir nie erzählt. Sie fragte, ob sie eine Nacht bei ihnen unterkommen könnte. Henk wusste, was das bedeutete. Er hat sie nicht von der Tür gewiesen, und das war vielleicht nicht nur ein Freundschaftsakt, denn einige Leute, die Mitgliedern der RAF damals kein Asyl gewährt hatten, waren daraufhin angegriffen worden. Henk sagte, er habe noch nie so viel Angst gehabt wie in dieser Nacht. Er habe kein Auge zugemacht, sondern immerzu hinter einer Gardine gestanden und auf die Straße gestarrt, überzeugt, dass ihn von da unten jemand beobachten würde. Kurze Zeit später brach er auf nach Südamerika. Er hatte die Reise selbst vorgeschlagen.

Wann ist er zurückgekommen?

Wir sind gemeinsam zurückgekommen. Hierher.

Hier?

In diese Wohnung. Ich hatte sie schon eine Zeitlang. Vor mir hatte ein altes Ehepaar darin gelebt, mehr als vierzig Jahre lang, seit vor dem Krieg. Entsprechend hat sie auch ausgesehen.

Du sagtest gemeinsam?

Ja. Er und ich. In dieser Wohnung. Seit damals.

Er ist …

Mein Mann, richtig. Die Bücher hier, das sind seine Bücher.

Bens Blick glitt über die Buchrücken, die sich ihm plötzlich ungewöhnlich deutlich zeigten, eine stumme Prozession von Titeln. Leise kündigte der Tinnitus sich an, während die Bücher an ihm vorbeiparadierten wie Soldaten auf dem Roten Platz. Südamerikanische Geschichte und Politik, die Werke von Marx und Engels, dicke Bände Frankfurter Schule, Anthropologie, spanische Romane.

Das ist nicht der neueste Stand, da stehen vierzig Jahre Entwicklung, sagte Clara, die Bens Blick gefolgt war. Die Buchrücken sind längst ausgeblasst.

Ist er …

Gestorben? Nein. Er lebt. Ich werde ihn in zwei Stunden sehen.

Der Krankenbesuch?

Alzheimer. Sehr plötzlich und sehr rasch.

Und kann er …

Er hat keine Ahnung, was mit ihm passiert. An guten Tagen erkennt er mich, aber er driftet gleich wieder in seine eigene Welt, eine Welt, in der er jung ist, in der er sich dabei zusieht, jung zu sein. Es gibt keine Gegenwart mehr für ihn. Es ist eine Art Schattentheater, in das fast nie ein Lichtstrahl von außen dringt.

Kann ich ihn sehen?

Das wäre sinnlos. Er würde dich nicht erkennen. Es würde ihn aufregen.

Er ist mein Vater.

Er ist die geschrumpfte Verpackung dessen, was einmal dein Vater war. Ich kann dir nur raten: Tu dir das nicht an.

Ben schwieg. Er hatte keine Ahnung, was er antworten sollte. Die Situation war zu neu, zu unerforscht. Der tote Heldenvater war ein untoter Demenzpatient, weiter entfernt als je zuvor.

Entschuldigung, murmelte Clara.

Was ist?

Wenn du so vor dich hin starrst, siehst du aus wie dein Vater.

Er fühlte, wie sich seine Lippen gegen seinen Willen zu einem Lächeln auseinanderzerrten.

Es tut mir leid, sagte sie.

Du musst dich nicht entschuldigen.

Nein, ich meine, es tut mir leid, aber ich muss langsam gehen. Das Pflegeheim ist am anderen Ende der Stadt, es hat mich Wochen gekostet, überhaupt ein Heim zu finden.

Kann ich wiederkommen?

Heute Abend, wenn du willst. Ich muss noch einiges erzählen, damit du verstehst.

Er stand auf. Zu viele Gedanken, zu viele Möglichkeiten jagten einander. Er griff seine wildlederne Jacke, verabschiedete sich von Clara, verließ das Haus und ging an der schillernden Oberfläche der Gracht entlang, in der sich ziehende Wolken, blauer Himmel, Boote und Fassaden spiegelten.

Im Wasser wird alles ungefähr. Von einer Brücke sah er hinunter auf die Oberfläche des Kanals, sah die dunkle, kaum fassbare, sich ständig in Reflexionen und schillernde Fragmente auflösende Figur, die sich über das Geländer beugte, an den Rändern glitzernd zerfließend, die ganze Gestalt eine verrückte Busby-Berkeley-Nummer, nie ganz zerflossen und nie völlig da. Er sah sich selbst. Er wusste: Das da, das bin ich, aber er erkannte sich nicht. Wenn er sein Gesicht im schimmernden Glitzern fasste, dann waren es Konturen in fließender Bewegung, unmöglich zu sagen, ob sie einem Heranwachsenden gehörten, einem Mann oder einem Greis. Willkommen in der Vaterstadt, in der salzwässrigen Muttersprache. Deutsche Spione, die holländisch sprachen, wurden hier gefangen, indem man sie einen Satz aussprechen ließ: *Mijn grootmoeder is in een gracht gevallen*, denn die gutturalen Gs, die wie Böen durch diese Worte wehen, stellten sich als unüberwindliche Hindernisse heraus, und ein schlechtes G konnte ein Todesurteil sein. Elly, seine Großmutter, war nicht in eine Gracht gefallen, die Gracht war nicht in ihrer Kehle, und sie hatte diese Böen nie glaubhaft erzeugen können. Sie klang wie Feindesland, ihr Leben lang. Sie schwamm in einem See von Tio Pepe, war langsam darin ertrunken, in Veenstras anständigem Mausoleum, das an den Entenflott-Kanal am Ende des Gartens stieß. Ein geheimes Geflecht an trägen Wasserläufen, Schleusen und unterirdischen Kanälen sorgt dafür, dass das brackige Gewässer unter seiner grünen Oberfläche direkt mit den Wellen der Kanäle in Amsterdam kommuniziert und mit dem Rhein, der hier seine Mündung hat. Elly Veenstra, die blonde Lorelei aus der Vermeerstraat, deren süßer Gesang den Moffenakzent nicht loswerden konnte. Im Meer vermischt sich alles mit den schmutzigen Fluten der Elbe, Abwasser aus Hamburg, Ölflecken von Ozeanriesen. Aber nur ein Geist oder ein Dämon hätte diese Reise durchs Wasser machen können, denn die Grachten haben die Sünden von vielen Generationen in sich aufgenommen, und kein Fisch kann darin überleben, und sogar die Ratten trauen sich kaum rein.

Die verschwimmende Gestalt, auf die er blickte, gehörte dem Wasser, sprang, wiegte sich, floss in seinem Rhythmus, ein Narrenspiegel, eine Einladung, ein Befehl. Durch das Bild trieben Zigarettenschachteln, Flugblätter, ein Kondom, Kippen, die Überbleibsel eines Hamburgers. Beobachtungen, die wie Lichtreflexe auf der Oberfläche seines Inneren glitzerten. Ein Touristenboot schob sich zwischen ihn und seinen Spiegel. Köpfe, Kameras, Bier. *The Prinsengracht is one of the city's most spectacular canals, home of the rich and famous of golden-age Amsterdam.* Das Spiegelbild war aufgewühlt, *agitated*, sprang panisch durch die aufgestörten Wellen, kam erst wieder langsam zu sich, unterbrochen und gestört, nie ganz vereint und trotzdem immer da.

Während er dastand, erinnerte Ben sich an ein Spiel, das er als Kind gespielt hatte, einen gefährlichen Genuss. (Würde Sascha das auch tun – ohne es von ihm gelernt zu haben, weil Blut dicker ist als Wasser?) Mit neun oder zehn, beim Baden, zählte er Inseln. Er lag da in der Wärme, er schwebte und starrte an die Decke des Badezimmers, an der die Farbe durch den Wasserdampf abgeblättert war wie der Firnis von einem Bild. Er starrte an diese Decke und versuchte so viele der kleinen Inseln zu zählen, wie er konnte – vierunddreißig, fünfunddreißig –, aber er konnte sie immer nur einen Moment lang klar über sich wahrnehmen – sechsunddreißig –, dann wurde das Bild gestört, durch eine Luftblase aus seinem Mund, durch einen Wasserring, den seine Nase machte, durch sein Haar, das ihm wie Algen vor die Augen schwamm. Er war noch klein und konnte sich ganz unter dem Wasser ausstrecken, nicht einmal die Knie ragten raus. Er holte also tief Luft und tauchte unter und fühlte das Wasser überall auf seinem Körper wie ein Seidentuch, nur viel, viel weicher. Ziel war es, so lange wie möglich unten zu bleiben, in Sicherheit, im Warmen, in der Schwebe, diesem stummen Element, in dem nur das pochende Blut in den Ohren hörbar war, langsam immer lauter werdend, ein wenig mehr, stärker – siebenunddreißig –, bis die Lunge anfing, immer mehr wehzutun – achtunddreißig –, und er fühlte, dass er jetzt ganz schnell auftauchen musste, um Luft zu holen, und dann blieb er noch einen Moment unter Wasser und noch einen, bis sein Kopf rauschte und pochte und seine Ohren sangen und ihm fast schwarz wurde vor Augen und der Schmerz ihn aus dem Wasser schießen ließ wie einen Ball, den man im Schwimmbad runterdrückt, bis man ihn nicht mehr halten kann, und er japste und rang nach Luft und fühlte das Pulsieren in den Lungen und Lenden und beruhigte sich erst langsam. Dann aber glitt er wieder unter diesen warmen, geheimnisvollen Spiegel, um die Inseln zu zählen und zu sehen, wie lange er es aushielt, ein Schiffbrüchiger, der beinahe ertrunken ist und sich auf eine einsame Insel rettet, oder Robinson Crusoe oder ein Perlentaucher, der endlos lange unter Wasser bleiben kann, und er spürte, wie das Wasser zwischen seinen Zehen mäanderte, wenn er die Füße bewegte, er blieb regungslos und wartete geduldig, bis der Wasserspiegel ganz ruhig geworden war, und zählte dann, eins, zwei, drei, vier, bis er seinen Weg verlor und nicht mehr wusste, ob er einen der kleinen Flecken schon mal gezählt hatte, und er atmete etwas aus, sodass die Luftblase all die kleinen Inseln auseinanderfliegen ließ wie einen Schwarm Vögel, die sich erst langsam und unsicher wieder zusammenfanden, und sein Atem fing an, ihm auszugehen, seine Lunge brannte, und er hatte dieses schrecklich hungrige Gefühl im Magen, das er hatte, wenn er wütend war, Panik stellte sich ein, und dann schoss er wieder aus dem Wasser, dass es aus der Wanne schwappte, und er atmete tief, tief ein. Marlene wollte nie, dass er dieses Spiel spielte. Sie ließ ihn das Wasser aufwischen. Er machte ihr Angst mit seiner gefährlichen Entschlossenheit.

Ben riss sich los und ging weiter, entlang der leuchtenden Häusergiebel, hinter denen zahllose Gesichter alt geworden waren.

Es geht ihm nicht gut, sagte Clara, als er wieder bei ihr war, ich bin mir nicht sicher, dass er mich erkannt hat.

Wie lange ist das schon so?

Nicht lange. Einige Monate. Es ging sehr schnell. Vor sechs Monaten ist er in Pension gegangen. Er hatte große Pläne. Vorträge, Reisen, ein Buch über koloniale Massaker in Indonesien, eine Konferenz über Gewalt gegen Frauen. Es hat damit angefangen, dass er Dinge vergessen hat, reizbar war, unsinnig Streit vom Zaun brach. Dann fand er plötzlich nicht mehr nach Hause, vom Institut, ein Weg, den er seit dreißig Jahren täglich geht. Die Polizei brachte ihn. Ein Zusammenbruch. Die Ärzte sagen, das ist sehr selten. Inzwischen kann er sich nicht mehr selbst versorgen, und es ist schwer, ihn zu pflegen. Er wird aggressiv und hat noch immer überraschend viel Kraft. Er will nach Hause, aber er meint das Haus seiner Kindheit. Wenn er nicht völlig apathisch ist, sieht er die Menschen um sich herum als Feinde an, die ihn eingesperrt halten. Auch mich. Er ist abgeschnitten von der einzigen Umgebung, die er kennt, sechzig Jahre schneiden ihn davon ab, und es gibt keinen Weg zurück. Dann kam die Benachrichtigung.

Die Benachrichtigung?

Marlenes Tod. Die beiden waren ja noch verheiratet. Damals hatte sie sich geweigert, sich scheiden zu lassen, und er hatte gesagt, solche bürgerlichen Konventionen seien sowieso bedeutungslos, und es wäre ihm egal.

Und dir?

Wir haben nie geheiratet. Das war schwer für mich. Ich wollte dieses hohle bürgerliche Ritual, ich wollte sein Jawort vor allen, ich wollte das Kleid und die Kirche und den Empfang und Blumen überall und ein Auto mit Konservendosen hintendran, aber er hat nur gelacht und mir gesagt, wie spießig ich sei. Ich wollte all diese spießigen Dinge: eine Ehe und Kinder und all das. Es ist aber nicht passiert. Er hat gewonnen. Er hat immer gewonnen.

Sie schwieg. Dann sagte sie, fast tonlos, irgendwie habe ich immer drauf gewartet, dass er sich ändert, dass er zu mir steht, obwohl er das lächerlich fand. Wir leben doch jetzt zusammen, hat er nur gesagt, ich schlafe in deinem Bett, ich zahle für den Haushalt – was willst du mehr? Ich konnte ihm nicht begreiflich machen, dass es nicht darum ging. Du wartest. Du richtest dich darin ein. Irgendwann wird eine längst verkümmerte Hoffnung zum Einzigen, was dir noch bleibt.

Ben sah Clara an. Ihre Züge waren tiefer geworden.

Ich hab dich gleich erkannt, als ich dich da stehen sah, in

Deutschland, auf der Feier, sprach sie endlich weiter. Ich wusste: Das ist der kleine Junge, der damals bei uns war.

Andersrum, sagte er, du warst in Hamburg bei meinen Eltern.

Damals warst du noch ein Säugling. Damals habe ich dich kaum gesehen, aber später …

Später?

Henk und ich kamen aus Südamerika zurück. Wir zogen hier ein. Henk hatte sich alles zurechtgelegt. Er hatte Marlene aus Mitleid geheiratet, sagte er, und vielleicht auch, um seinem Vater eins auszuwischen. Jedenfalls fühlte er sich unglücklich in seiner Ehe, unglücklich in Hamburg, in seinem Beruf. Ich glaube auch, er hatte Angst vor seinen radikalen Freunden. Jedenfalls blieb er hier. Ein neuer Start.

Und Marlene?

Er hat ihr gesagt, sie soll zu uns kommen, dann können wir über alles reden. Zwei Monate später ist sie tatsächlich gekommen, mit dir. Du warst vier.

In dieses Haus?

Du hast in diesem Raum gespielt. Komm, ich zeig dir was!

Clara stand auf, und Ben folgte ihr. Sie stieg die steilen Treppen in den zweiten Stock hinauf und öffnete eine Tür. Das ist Henks Arbeitszimmer, sagte sie, es ist noch genau so, wie es war, als er noch an seinem Buch gearbeitet hat. Siehst du? Das Manuskript ist hier.

Ben blickte auf den Schreibtisch. Die Randnotizen im Manuskript waren in einer Handschrift geschrieben, die von ihm selbst hätte stammen können, nur eckiger, mit Anzeichen von Zittern. Letzte Notizen im Abendgrau. Die Füllfeder lag noch daneben. Ben schrieb mit dem gleichen Modell.

Clara suchte etwas. Sie nahm gerahmte Fotos zur Hand und hielt sie sich dicht vor die Augen, setzte ihre Lesebrille auf, suchte weiter. Hier, sagte Clara, da ist es. Sie zeigte auf ein gerahmtes Foto, das zwischen anderen auf dem Schreibtisch stand. Er nahm es in die Hand. Er war drauf, vier Jahre alt, beim Spielen. Er erkannte die Einrichtung wieder, die Bücher, das Sonnenlicht, das Blätterschatten auf die Wand warf.

Du hast gerne da gespielt, umgeben von uns allen. Ihr wart ja auch lange da.

Wie lange?

Zehn Tage, glaube ich. Das wäre heute alles nicht mehr möglich, aber damals schien es nicht so wahnsinnig wie jetzt, wenn ich es erzähle.

Was?

Henk hatte sich vorgestellt, wir könnten zusammenleben hier. Alle drei. Eifersucht hielt er eben für eine spießige Emotion, und er hat ja an dir gehangen, er wollte dich aufwachsen sehen. Sie war verblüfft darüber, so sehr, dass sie sagte, sie wolle es sich überlegen. Für eine Woche haben wir gelebt wie in einem Bergman-Film, voll unterdrücktem Hass aufeinander und voll hehrer Prinzipien. Er wollte sogar, dass wir zu dritt – aber das war dann doch zu viel. Damit war er allein. Trotzdem, es sah damals so aus, als könntest du wirklich aufwachsen, in diesem Haus. Aber dann …

Sie nahm ihm sanft das Foto aus der Hand und stellte es an seinen Platz zurück.

... dann haben wir es nicht mehr ausgehalten, Marlene und ich. Ich habe sie gerne gemocht. In Hamburg hatte ich gedacht, wir könnten gute Freundinnen werden. Ich habe sie bewundert. Sie hatte Klasse, und sie schien mir schön und frei, im Ausland lebend zwischen lauter Intellektuellen. Damals beneidete ich sie auch um Henk. Sie war einfach alles, was ich nicht war.

Das Schreckliche: Sie hat tatsächlich versucht, sich einzufinden in diese Situation. Sie hat sich erniedrigt, hat kaum noch etwas gesagt, während sie hier war. Tagsüber hat sie sich um dich gekümmert, und am Abend, an diesem Abend, sah ich Henk aus ihrem Zimmer kommen, in Unterwäsche, und er grinste mich nur an und sagte, dass er später für mich Zeit haben würde, und da bin ich explodiert. Ich bin in ihr Zimmer gestürmt und habe ihr gesagt, sie solle packen, jetzt gleich, keine Minute länger als nötig in diesem Haus verbringen. Sie lag da, im Bett, unheimlich schön. Sie schreckte auf, als ich reinkam, aber den kurzen Moment davor werde ich nie vergessen, ihren Gesichtsausdruck, fast leer und weit, weit weg. Ich war unheimlich zornig, und ich habe umso lauter geschrien. Nur eine Stunde danach seid ihr beide verschwunden aus unserem Leben. Henk hat kein Wort gesagt und hat die Koffer ins Auto geladen, mitten in der Nacht. Er hat noch einige halbherzige Versuche gemacht, zumindest dich zu sehen, in den Ferien, aber sie hat sich geweigert, also hat er auch nichts gezahlt. Sie war zu stolz, glaube ich.

Und du?

Man könnte meinen, ich wäre die Gewinnerin gewesen.

Ben schwieg, die Arme über der Brust verschränkt.

Ich hätte es früher sehen sollen, sagte sie. Ich weiß überhaupt nicht, warum wir so lange, warum ich nicht gesehen habe, nicht die Kraft hatte … Und dann war er plötzlich krank. Jeden Tag verschwand er ein bisschen mehr. Es gab nichts mehr zu hoffen. Vierzig Jahre Trägheit, vierzig Jahre heimliche Illusionen. Wie dumm von mir.

Und du hast wirklich daran geglaubt, die ganzen Jahre?

Man hört auf, sich solche Fragen zu stellen. Es gab immer viel zu tun. Zuerst hat er ja kaum was verdient als arbeitsloser Lateinamerika-Spezialist. Da hab ich für uns beide gearbeitet und neben den Zeitungen noch für Hochzeiten und andere Sachen fotografiert. Ich wollte Kunstfotografin werden, und die Arbeit war nicht aufregend, aber wir brauchten das Geld. Er brauchte das Geld. Er fuhr immer teure Autos. Das erste hat ihm sein Vater geschenkt, gleich nach seiner Rückkehr. Die Belohnung, dass ich meine Moffenbraut habe sitzenlassen, hat Henk gesagt, und hat dabei die Schlüssel in die Luft geworfen. Er hat dieses Auto geliebt. Ein MG war es, glaube ich.

Nach zehn Jahren begann er Karriere zu machen. Das Multatuli-Institut, sein Kind, sein eigentliches Kind. Globale Gerechtigkeit, Menschenrechte in Entwicklungsländern. Was sonst! Auch dabei hat sein Vater ihm geholfen, wenn er das auch nie wahrhaben wollte, aber er nutzte seine Kontakte. Er hat Wege geebnet, obwohl sie damals kaum miteinander redeten. Plötzlich gab es öffentliche Gelder für ein Institut zur Erforschung der kolonialen Gewalt und ihrer Folgen. Henk richtete ein Archiv ein, veranstaltete Konferenzen, bekam eine Honorarprofessur, war eine sogenannte moralische Instanz. Wenn eine Zeitung einen Kommentar brauchte, dann kam sie zu Henk. Gleichzeitig beriet er die Regierung, kritisierte ihre Politik aber immer wieder. Mit ihm verheiratet zu sein! Ein Heiliger. Man kannte ihn überall. Durch die ganze Welt sind wir gereist. Ich habe seine Arbeit dokumentiert und später auch das grafische Archiv im Institut verwaltet.

Und die Hoffnung?

Clara zögerte einen Moment, bevor sie weitersprach.

Seine erste Freundin war eine Assistentin. Ich habe sie in der Bibliothek überrascht, auf dem Boden, zwischen Dokumenten über chilenische Verschwundene. Damals habe ich gedroht, ihn zu verlassen. Aber wohin sollte ich gehen, was tun mit meinem Leben? Ein Neuanfang hat mir Angst gemacht, damals. Bei der zweiten und dritten habe ich schon nicht mehr gefragt, ihn auch nicht mehr zur Rede gestellt. Es ist leichter geworden mit der Zeit. – Lass uns wieder nach unten gehen. Es wird dunkel. Ich mache die Lichter an.

Das könnte mein Zimmer sein, murmelte er.

Dein Zimmer?

Es kommt mir bekannt vor.

Als du das letzte Mal in diesem Zimmer warst, warst du gerade vier!

Nein, nicht damals. Es ist eher ein Blick in die Zukunft.

Meine Zukunft. Die Parodie meiner Zukunft. Genau so könnte sie aussehen.

Clara drehte sich um, ohne etwas zu erwidern, und ging die Treppe hinunter.

Ich sollte gehen, sagte er.

Bleib, wenn du willst.

Danke. Ich muss an die Luft, nachdenken. Es war ein langer Tag. Nur eins noch …

Ja?

Ich möchte ihn sehen, ich muss ihn sehen.

Es wird dir nicht gefallen.

Darum geht's nicht. Es gefällt mir auch jetzt nicht, sagte er, heftiger als beabsichtigt. Ich rufe morgen an.

Morgen passt es nicht. Claras Stimme klang kühl. Sie standen einander kurz gegenüber, dann verabschiedete er sich mit einer angedeuteten Umarmung.

Ich melde mich, sagte er und ging.

Es war längst dunkel geworden. *See Amsterdam by night.* Die Vaterstadt lag ihm zu Füßen. Die Stadt, vor der seine Mutter ihn immer gewarnt hatte.

Am Tag nach ihrer Rückkehr aus Amsterdam hatte Marlene bei der Zeitung angerufen und eine Todesanzeige geschaltet. Sie nahm Henks Kleider und brachte sie zur Altkleidersammlung, sie verkaufte seine Bücher und Schallplatten, hängte die Bilder ab, die ihm gefallen hatten, tauschte Fotos in ihren Rahmen. Ein Foto von ihm stellte sie auf ihren Nachttisch. Sie war ab jetzt eine stolze Witwe.

Ben hatte geweint, als er begriff, dass er seinen Papa niemals wiedersehen würde. Manchmal wachte er nachts auf und war kaum zu beruhigen, aber das verging. Sie hatte ihm von einer neuen Reise erzählt, von der er nicht zurückgekommen war, sie tröstete ihn, trauerte mit ihm. Bald war er wieder der fröhliche Junge, ihr Sohn mit den goldenen Locken, dessen Glück ihr alles bedeutete. Schon an seinem fünften Geburtstag schien er alles vergessen zu haben, machte ihr das Vergessen aber umso schwerer: Auch als kleiner Junge war er seinem Vater wie aus dem Gesicht geschnitten. Marlene verstörte diese Ähnlichkeit. Aber sie würde verhindern, dass er nach seinem Vater käme, ein Mensch ohne Moral. Sie würde ihn besser erziehen. Auch für ihn war dieser Vater gestorben. So konnte er dem Jungen noch einen Dienst erweisen. Kinder brauchen Helden.

Erst langsam wuchs diese Sichtweise in ihr. Als sie nach ihrer Rückkehr nach Hamburg vor dem Nichts stand, hatte sie ihren eigenen Vater um Hilfe gebeten und sich danach unheimlich geschämt, hatte gewünscht, sie wäre nie hingefahren. Sie hatte ihn gesehen: sein vertrocknetes Gesicht, sein Nagetierprofil, seine grünen Augen, die immer wegblickten – Marlenes grüne Augen! –, in denen keine Emotion zu lesen war. Sie habe zwei gesunde Hände zum Arbeiten, hatte er gesagt, völlig emotionslos, wie zu einer Angestellten.

Hätte sie sich das doch erspart! Jetzt musste sie für immer mit dem Gedanken leben, dass ihr Vater ein mieser Kerl war, jemand, mit dem man nichts zu tun haben will, jemand, der wünscht, man wäre nie geboren. Sie aber hatte was mit ihm zu tun. Unwillkürlich schüttelte sie den Kopf bei diesem Gedanken.

Sie hatte es schwer in dieser ersten Zeit. Sie hatte Hamburg verlassen und war in die Provinz gezogen, wo sie Arbeit fand, wo niemand sie kannte, wo sie Witwe sein konnte.

Einmal, sie verdiente ein paar hundert Mark im Kinderladen und ihre finanzielle Situation war immer noch verzweifelt, hatte sie einen Rechtsanwalt konsultiert über Unterhaltsfragen – Scheidung kam für sie noch immer nicht in Frage. Der Anwalt hatte ihr zugehört, ihre Situation besser begriffen, als sie ahnen konnte, und hatte sie mit altmodischer Höflichkeit zum Essen eingeladen. Er war vierzig Jahre älter als sie. Ein Kranz weißer Haare rankte sich um seine Glatze, und eine Narbe zog sich von der Stirn am linken Auge vorbei und bis auf seine Wange.

Sie fragte nicht, wie er sich diese Narbe zugezogen hatte. Er redete nicht über Politik. Er war sehr liebenswürdig und körperlich in ausgezeichneter Verfassung. Er besaß ein Pferd und ritt fast täglich, ein Kavalier der alten Schule, tadellos gekleidet. Die meisten Leute hatten Angst vor ihm, sie aber ließ sich nicht einschüchtern. Sie sah etwas in ihm, was sie mochte, was sie zutiefst beruhigte. Er behandelte sie wie eine Dame. Er war beharrlich und diszipliniert: Jeden Abend setzte er sich selbst eine Testosteron-Injektion. Das hält jung, sagte er immer. Als im Dachgeschoss seines Hauses eine Wohnung frei wurde, bot er ihr an, dort einzuziehen, erst einmal umsonst, bis sie einen Job gefunden habe, bis sie wieder etwas verdiene. Bis dahin konnte sie ihm vielleicht etwas bei der Hausarbeit helfen und ihm ab und zu Gesellschaft leisten, sagte er, denn auch er war verwitwet. Er blickte auf die Uhr. Es war beinahe Zeit für seine Injektion. Ben nannte ihn Onkel Hans.

Als Marlene beim Kindergarten kündigte und in der Buchhandlung anfing, zeigte Onkel Hans sich hocherfreut, obwohl auch dieser Laden, der sich auf Okkultismus spezialisierte, voll von langhaarigen Typen war. Er war entschlossen, sie aus diesem Milieu zu holen, und drei Jahre später lieh er ihr Geld, damit sie sich selbständig mache. Sie übernahm eine Kunstbuchhandlung mit einer kleinen Galerie, die in der Stadt gut eingeführt war. Sie gab ihr einen neuen Namen. VERMEER stand jetzt in großen Lettern über dem Schaufenster.

Mit den Jahren lockerte sich die Beziehung zwischen Onkel Hans und ihr. Sie zog in die Wohnung, in der sie für den Rest ihres Lebens bleiben sollte, sie besuchte ihn seltener, und er war im Geheimen dankbar dafür; die Spritzen wirkten nicht mehr so wie früher, auch litt er unter Herzflimmern, und mit Frauen zu sprechen hatte er so richtig nie gelernt. Marlene und Ben kamen noch ab und zu zum Essen vorbei. Sie kochte, und alles war vertraut, und für Ben war es beinahe wie eine Familie.

Onkel Hans war alt geworden, aber obwohl er sich in den Kopf gesetzt hatte, im Sattel zu sterben, war es ein Herzinfarkt unter der Dusche, der ihn fällte. Ein Nachbar holte die Feuerwehr, als das Wasser zur Wohnungstür herausfloss.

Zu diesem Zeitpunkt hatte er Marlene schon länger nicht gesehen. In seinem Testament verzichtete er auf Rückzahlung des noch offenen restlichen Kredits.

Im Alter von siebenunddreißig Jahren war Marlene unabhängig. Sie hatte ein sicheres Auge. Schließlich hatte auch sie als junges Mädchen de Zwart in seinem Atelier besucht und ihr Auge dort geschult, lange bevor sie ihm erlaubt hatte, sie zu berühren. Jetzt war sie Herrin im eigenen Haus. Die Buchhandlung florierte. Manchmal brachte sie ein Bild von de Zwart mit von ihren Besuchen in Den Haag und hängte es ins Geschäft. Sie fand immer einen Abnehmer und hätte noch mehr verkaufen können, aber de Zwart arbeitete langsam und gab seine Bilder nur ungern aus der Hand, auch wenn er das Geld brauchen konnte. Einige, darunter das dreißig Jahre alte Aktbild mit dem Kopf im Schatten, behielt er für immer bei sich.

Das Geschäft bedeutete für Marlene mehr als nur Einkommen. Die Menschen waren beeindruckt vom Flair der neuen Besitzerin, aus Kunden wurden Freunde, solide und gebildet, einige sogar ausgesprochen witzig. Marlene hatte ihren Ort gefunden, obwohl sie das Gefühl nicht verlor, eine Hochstaplerin zu sein. Sie machte der Welt was vor. Sie hatte nur drei Semester Kunstgeschichte studiert, niemals eine Buchhändlerlehre absolviert, sie kannte die Namen und Stile und Epochen, über die sie tagein, tagaus sprach, nur durch Selbststudium und eine Gabe dafür, aus Gesprächen etwas aufzuschnappen und dann selbst zu verwenden. Sie war eine Art kunsthistorischer Papagei, wenn sie zum Reden gezwungen wurde, aber sie ließ sich nicht aufs Glatteis führen. Ihre männlichen Kunden redeten ohnehin lieber selbst, ermutigt von ihrem Lächeln. Sie traf ihre Entscheidungen über Ankäufe und Ausstellungen nach Instinkt, und sie entschied gut.

Unter den wohlsituierten Kunstfreunden der Stadt hütete sie ihre Vergangenheit wie ein Geheimnis. Sie war verwitwet, stammte aus Hamburg, hatte Kunstgeschichte studiert, war immer etwas exotisch, entzog sich allen Fragen charmant, aber beharrlich. Trotzdem, man vertraute ihr in der Stadt, und sie brachte es bis zur Vorsitzenden des örtlichen Kunstvereins, umgeben von lautstark redenden Herren und ihren dünnlippigen Frauen, die alle zu viel Weißwein tranken und sich dabei kunstsinnig kleideten, jede Ausstellungseröffnung eine Sinfonie in Schwarz. Einige Frauen färbten die Haare mit Henna, als farblichen Kontrast, als individuelle Geste oder aus Solidarität mit Frauen in der Dritten Welt.

Ohne dass Ben es wusste, war es Marlene gewesen, die zum ersten Mal gedacht hatte, das Gesetz des Erwachsenwerdens wäre es, dass jeder Mensch ab einem gewissen Alter zur Parodie seiner jugendlichen Ambitionen werde. Sie schrieb solche Sätze in ein kleines Notizbuch. Bei diesem Satz fühlte sie, dass er Konsequenzen haben würde. Als ihr das klar wurde, begann auch Marlenes Erscheinung sich völlig zu verändern. Innerhalb von kurzer Zeit hatte sie ihr langes Haar auf einen Bubikopf gestutzt, der ihr ausgezeichnet stand und ihr warmes Lächeln mit einer gewissen Strenge umrahmte. Sie trug eine große Brille mit dunklem Rahmen, ihre Lidschatten vertieften sich. Zum ersten Mal, seit sie als Kind in Den Haag mit den Schuhen ihrer Mutter gespielt hatte, trug sie wieder hohe Absätze. Sie war attraktiver als je zuvor.

Ich bin von Kopf bis Fuß auf Liebe eingestellt, hatte ihre berühmte Namensvetterin zu Beginn ihrer Karriere gesungen, als Elly noch ein kleines Mädchen gewesen war und sie die Diva in einem Kino in Hamburg gesehen hatte, achtjährig erst (sie hatte sich heimlich eingeschlichen). Vielleicht hatte sie schon damals beschlossen, ihre Tochter Marlene zu nennen, und sie blieb zeitlebens eine leidenschaftliche Verehrerin der Dietrich. Dann kam der Krieg, und dann Veenstra, und alles wurde anders.

Elly sah ihrem Idol immer ein wenig ähnlich – die Backenknochen, das schlanke, fast männliche Gesicht, die grünen, etwas schräggestellten Augen und ein Mund, der Leidenschaft andeutete. Sogar ihre Figur erinnerte an die Dietrich. Noch dreißig Jahre später erzählte Elly voller Stolz, dass man sie einmal in einem Restaurant in Scheveningen mit der Schauspielerin verwechselt habe. Sie pflegte diese Ähnlichkeit. Beim Friseur zeigte sie auf ein Foto in einer Illustrierten. Als die Dietrich später blonde Perücken und große Brillen trug, schaffte sich auch Elly solche Accessoires an und trug sie für den Rest ihres Lebens, abwechselnd mit verschiedenen und oft stark gemusterten Turbanen.

Marlene selbst war nie recht glücklich mit ihrem Namen. Sie schämte sich sogar dafür, und sie fand es unerträglich, die späten Konzerte der Dietrich in Las Vegas anzusehen oder sonst in irgendeiner Form mit ihr in Verbindung gebracht zu werden. Eine Frau wie eine Drohung. Auch wenn sie es sich nicht eingestand, die Diva erinnerte sie zu sehr an ihre Mutter, zu sehr an Ellys trotzigen Kampf gegen das Alleinsein, den sie in erster Linie mit Tio Pepe und gelegentlichen Tiraden gegen ihre Tochter führte. Marlene trug ihren Namen, wie Elly ihre Perücke trug.

Jetzt, selbst im mittleren Alter, hätte sie gern einen weniger auffälligen Namen gehabt, einen Namen mit Distinktion, aber ohne Versprechungen, die sie nicht einlösen wollte. Männer mochten auch sie umschwirren, aber sie ließ sie mit angesengten Flügeln in die Nacht zurückfallen. Keine Abenteuer. Keine großen Gefühle, die nicht in ein Kunstwerk sublimiert waren und kritisch besprochen werden konnten. Ihre Prinzipien und sogar ihre Instinkte hatte sie atemberaubend schnell an ihre neue Situation angepasst. Hausbesetzung, durchdiskutierte Nächte und freie Liebe waren peinliche Erinnerungen aus einem vergangenem Leben.

Ben war dreizehn, als seine Pubertät einsetzte. Sie beobachtete seine Metamorphose mit einer Mischung aus Stolz und Misstrauen. Die Kräfte, die sich da entwickelten, entzogen sich ihrer Erziehung, und es war unmöglich zu leugnen, dass er mit seinem selbstbewussten Auftreten und den ausladenden Bewegungen seinem Vater ähnlich wurde, dass der Trieb, der da in ihm wuchs, jener war, durch den sie verraten worden war, aus der Bahn geworfen, heimatlos.

Er war ein glückliches Kind gewesen, aber jetzt sah Marlene sein Glück durch den Schatten seines Vaters in Gefahr, der sich in Form von Bartflaum auf sein Kinn und seine Wangen legte. Von der Liebe hatte sie nie eine hohe Meinung. Liebe ohne Treue ist Folter. Zumindest Onkel Hans war ihr bis zum Ende treu geblieben. Sie war es, die sich zurückgezogen hatte, allmählich, aber unerbittlich, abgesehen von den obligatorischen Sonntagsmahlzeiten. Sie hatte ihn gemocht als altmodischen Gentleman, vermisst aber hatte sie ihn nie. Richtig verliebt sein heißt sich umbringen wollen, warnte sie Ben, warnte ihn vor dem Unglück, das in seinem Körper wuchs.

Damals begann Ben seine stille Rebellion, seinen Rückzug ins Hinterland. Er wurde zum frühen Experten für alte Meister. In der Schule lernte er, was nötig war, um in Ruhe gelassen zu werden. Wenn ihn ein Junge fragte, welchen Fußballklub er unterstützte, nannte er immer den HSV, weil er aus Hamburg kam. Er kannte keinen einzigen Spieler und keine Resultate, aber es reichte. Zu Hause kehrte er zurück zu seinen Bildern. Niemand verlangte von ihm, sich für etwas anderes zu interessieren. Seine Fassade war so vollkommen, dass er hinter ihr in relativer Freiheit leben konnte. Man half ihm sogar. Die Bibliothekare in der Staatsbibliothek kannten ihn, seine Mutter erlaubte ihm, jedes Buch aus der Buchhandlung auszuleihen und so lange zu behalten, wie er wollte, solange er sich vorher die Hände wusch. Das zu sagen war nicht notwendig, er war vorsichtig. Sie war stolz auf sein Interesse und sah ihn bereits als Professor der Kunstgeschichte an einer alten Universität – ein

Mann mit aschgrauen Haaren, Tweedjackett und kultiviert-nachlässigem Äußeren, ein Mann, den sie selbst gerne kennengelernt hätte und den die Herren in der Buchhandlung erfolglos imitierten. Wann immer ihr Sohn sich zum Lesen zurückzog, war Marlene glücklich. Sie ließ ihn in Ruhe.

Hier lag die Freiheit, die er gewonnen hatte. Gelegentlich musste er Marlene geben, was sie verlangte: Im Kunstverein korrigierte er höflich, aber bestimmt das historische Halbwissen der Männermotten. Marlene stand stolz daneben, wenn er sie altklug abfertigte, und entschuldigte sich anschließend. Auf dem Heimweg strahlte sie dann vor Zufriedenheit und betrachtete ihn voller Respekt. Sie, die abgebrochene Studentin, hatte einen Sohn, der auf dem besten Weg schien, alles zu erreichen, was sie sich gewünscht hatte, und das war genug.

Es ist einfach, sich in der Amsterdamer Innenstadt zurechtzufinden: konzentrische Halbkreise aus Wasser. Ben kannte die Stadt, aber er wusste nicht, wohin er gegangen war, nachdem er Clara verlassen hatte. Ziellos war er von ihrem Haus aus der Gracht gefolgt, über Brücken und durch ruhige Straßen, war zweimal fast von einem Fahrrad gestreift worden und war weitergegangen, vorbei an Menschen auf Caféterrassen und langsam schlendernden Gruppen von Touristen. Die Grachten glitzerten träge wie Quecksilber unter Straßenlaternen und Leuchtwerbung, die einzigen Farben, die es gab. Das Dunkel tanzte auf dem Wasserspiegel und stand in den Straßen. Restaurants und offene Geschäfte wehrten es mit heller Beleuchtung von sich ab. Er war weitergegangen, an den endlosen, großen Fenstern entlang, hinter denen Menschen lasen, auf Bildschirme starrten oder zu Abend aßen, Erwachsene und Kinder, einträchtig und zufrieden vor aller Augen, geglückte Existenzen.

Vor einem Comicgeschäft fühlte er auf einmal wieder Saschas Spiderman in seiner Jackentasche. Im Schaufenster stand eine große Figur von Tintin, Kuifje auf Holländisch, Tim und Struppi, der klein daneben stand und zu ihm aufsah. Davor waren Hefte ausgelegt. Ganz in der Mitte lag *The Adventures of Tintin – Cigars of the Pharaoh*. Tintin umgeben von Mumien, auf der Suche, immer auf der Suche. *The Adventures of Tinnitus – The Queen's Secret*, das müsste hier auch liegen. Der Held sucht nach einer Urne, in einer exotisch glitzernden, schwappenden Stadt. Er findet den alten König. Und er ist zu spät. Kann er noch rechtzeitig die Urne vor seinen finsteren Gegenspielern retten? Verpassen sie nicht die Fortsetzung im nächsten Heft!

Ben stand da. Er schwitzte leicht, Leere flutete in seinen Kopf. Die tanzenden Lichtreflexe auf dem Wasser wurden vom Schaufenster zurückgeworfen und zuckten vor seinen Augen, er dachte an nichts und fühlte nichts. Ein schriller Ton hatte sich in seinem rechten Ohr festgesetzt, und langsam fokussierten seine Augen sich auf sein Spiegelbild. Ein übernächtigt aussehendes Gesicht starrte zurück, Schweißperlen auf der Stirn, ein Gesicht, das dem seines Vater ähnlich war. Jünger. Eine neue Generation. Er prüfte sein Gegenüber. Ganz gut gekleidet: Hemd grau, die beiden oberen

Knöpfe offen. Wildlederjacke und schwarze Jeans. Gute Schuhe, englisch. Haare, als wäre er gerade aus dem Bett gestiegen. Ein jungenhaftes Gesicht, das ihn schmaler aussehen ließ, als er war. Lachfalten um die Augen, aber auch Ansätze zu Tränensäcken. Das Gesicht etwas gerötet. Der Alkohol.

Ben fixierte sich im Schaufenster. Eine zweite Gestalt spiegelte sich daneben. Das Plakat, das er schon oft gesehen hatte, das er überall in der Stadt gesehen hatte, Werbung für eine Ausstellung im Stedelijk Museum, in die er gehen sollte. *Lichaam* stand da, *Körper* stand da, *Leichnam* stand da und darunter die Gestalt, ein junger Mann, mit groben, spontanen Strichen gezeichnet, auf dem Rücken liegend, ein Knie angezogen, nackt und farbverschmiert, geschwärzt und erfüllt, noch halb erigiert – er selbst, er als Siebzehnjähriger, an jenem Nachmittag, am Anfang eines neuen Lebens.

Er wandte sich um, fast wie im Traum, machte einen Schritt auf das Plakat zu. Ein Auto hupte, er sprang von der Straße, gerade noch, verlor das Gleichgewicht, stieß mit der Stirn gegen einen Laternenpfahl, taumelte, drehte sich um sich selbst, fiel mit einem dumpfen Geräusch zwischen zwei parkende Autos. Schwarz. Durch zuckende Augenlider sah er direkt auf das Plakat über sich. *Lichaam*. Und darunter: *Rachel Richards Retrospective*.

Schwarze Beine traten zwischen ihn und das Bild. Jemand beugte sich über ihn.

Alles okay, sagte er. Er stützte sich auf. Arme aus der Dunkelheit hielten ihn.

Durch das Blut, das ihm über die Stirn ins rechte Auge tropfte, sah er sich selbst, in Kohle gezeichnet von der Frau, mit der er gerade den erstaunlichsten kleinen Tod seines Lebens erlebt hatte, und er fühlte jetzt, wie es gewesen war, dort zu liegen, ganz nackt, der konzentrierte Blick, der über seinen Körper glitt, das Unbeschreibliche, Ozeanische dieses Augenblicks. Er starrte auf diesen jungen Körper. Der Ozean schloss sich über ihm.

Er hatte den Geruch von Brackwasser in der Nase, als er zu sich kam. Es konnten nur Sekunden vergangen sein, denn die Beine standen immer noch da. Jemand beugte sich herab, eine kugelige Sonnenfinsternis gegen das Licht der Laterne. Es geht schon, murmelte Ben, es geht schon. Er fasste sich an die Stirn. Blut. Warm. Es hatte zu regnen begonnen, und sein Gesicht war von dem verlaufenden Rot überschwemmt. Jemand reichte ihm ein Taschentuch. Er wischte sich die Augen ab, tastete an seine Stirn, setzte sich auf. Nur eine Platzwunde.

Ob er einen Krankenwagen rufen solle, fragte der Mann, der den Schatten auf ihn warf. Sein Mobiltelefon leuchtete in der Hand.

Nein, sagte Ben mit einer Stimme, die aus einem anderen Körper zu kommen schien, es geht schon, glaube ich. Es geht schon, wirklich. Er begann seinen Körper zu fühlen, seinen pochenden Kopf, er nahm die Leute wahr, ein Halbkreis aus dunklen Gestalten, zwei, drei Gesichter, erleuchtet von den Displays ihrer Telefone. Das Auto, das an ihm vorbeigefahren war, stand mit eingeschaltetem Warnblinker einige

Meter entfernt, der Kofferraum war offen. Der Fahrer – Ben nahm an, dass es der Fahrer war – hantierte mit Verbandszeug, machte sich an seiner Stirn zu schaffen. Nur eine Platzwunde, alles halb so schlimm. Ich nehme Sie mit, sagte der Fahrer, ich setze Sie ab, dort, wohin Sie wollen. Das ist schneller als die Ambulanz in der Innenstadt um diese Zeit. Wollen Sie ins Krankenhaus?

Nein, es geht, danke, es geht mir gut. Wirklich.

Haben Sie Kopfschmerzen? Schwindel? Können Sie mich sehen?

Es ist eine Platzwunde, nichts weiter. Es geht mir gut, danke.

Langsam stand er auf, unsicher noch, die Arme des Autofahrers unter den seinen. Ein dumpfer Schmerz zwang ihn, die Lider zu schließen. Er stützte sich auf den Fremden.

Kommen Sie, sagte der Autofahrer, ich nehme Sie mit.

Ben sah in die Gesichter, die langsam wieder in der Dunkelheit verschwanden, sah auf den Laternenpfahl und den Fleck direkt bei der Gracht, wo er gelegen hatte. Ein blutiges Papiertaschentuch lag noch da, und eine kleine, rote Pfütze reflektierte die Form der Glühbirne, ein weißer Fleck im dunklen Rot, der bei jedem Regentropfen lautlos explodierte und sich zum Rand hin verzerrte und verzog, da, wo die Pfütze über den Backsteinrand in die Gracht einsickerte.

Der Nachtportier sah ihn entsetzt an, als Ben die Lobby betrat, bleich wie Kreide und mit einem großen Pflaster auf der Stirn, auf dem Gesicht noch Blutspuren. Ben ging stumm zum Aufzug. In seinem Zimmer angekommen, ließ er sich aufs Bett fallen und war binnen Sekunden eingeschlafen.

Er fand sich in der Wohnung seiner Mutter. Er musste Dokumente suchen. Er stand vor der Wohnungstür, schloss sie auf. Hier bin ich zu Hause, dachte er. All die Dinge aus seiner Kindheit waren da, alles war, wie er es kannte: Möbel, Bücher, die Bilder an der Wand, die blaue Vase mit den kaum fühlbaren Rissen. Er stand da und atmete erleichtert auf, dass er endlich hier wohnen durfte, dass ich mein Bleiberecht antreten kann, wie er dachte. Die Sonne schien durch das intensive Grün der Bäume im Garten.

Gedankenverloren streifte er mit der Hand über einen Tisch. Das Möbel ächzte und brach zusammen, zerfiel zu Staub, von Würmern zerfressen. Ben wollte sich auf einen Stuhl stützen, aber auch der gab nach unter dem Druck seiner Hand, ihm blieben nur Fragmente, die er in Händen hielt, und er bemerkte, dass alles hier wurmstichig war, durchsetzt von kleinen und kleinsten Löchern, kleine Häufchen Staub an den Füßen aller Möbelstücke, und jetzt hörte er es auch, das leise Rascheln, das kaum hörbare, beharrliche Nagen, unerbittlich und überall. Er griff nach einem Foto, das seine Mutter als Kind zeigte, aber der hölzerne Rahmen zerfiel unter seinen Fingern, und das Foto zerbröckelte, und er hatte nur noch das Glas in der Hand. Er drehte sich um und sah, dass sogar seine Fußabdrücke Löcher im Teppich hinterlassen hatten, er begriff, dass dieser Staub Asche war. Panik ergriff ihn. Er hörte ein tiefes Knarren im Gebälk. Er wollte fliehen, wollte aber vorher noch etwas mitnehmen, ein Andenken, aber er fand nichts, ging zum Sekretär, in dem seine Mutter ihre Dokumente aufbewahrte, ein Möbel, das er seit seiner Kindheit kannte, mit seinem geflammten Mahagoni-Furnier und seinen gedrechselten Säulchen und seinem Geheimfach unter der obersten Schublade. Er drehte den Schlüssel im Schloss. Stöhnend brach der Sekretär auseinander, neigte sich erst nach rechts, Ben wollte ihn stützen, aber es war schon zu spät, er fiel in sich zusammen und hüllte alles in eine Wolke aus Staub, nur der metallene Schlüssel blieb Ben in der Hand, mitsamt dem Schloss. Panisch blickte er sich um und sah, wie auch alle anderen Möbel abbröckelten. Jetzt wurde das Knarren lauter, die Erschütterung setzte sich fort im ganzen Haus. Ben fühlte, wie der Boden unter seinen Füßen bebte, wie er anfing nachzugeben, er ergriff die blaue Vase seiner Mutter und rannte zur Haustür, hinter ihm stürzte die Decke ein, der ganze Raum verschwand, er schlug die Haustür hinter sich zu und rannte in den Garten, der Lärm im Inneren gellte in seinen Ohren, und er sah durch die Fenster die Asche, die dort in schmutzigen Wolken wirbelte. Dann wurde es still. Ein Balken im Inneren stürzte krachend ein, dann war nichts mehr zu hören. Es war ein schöner, sommerlicher Tag. Ben stand da, die Vase im Arm. Aus der Nähe sah er die Risse und Fugen, die er einmal geklebt hatte.

Auf der Straße kam jemand vorbei.

Ein wunderschönes Haus, sagte der Spaziergänger, gehört es Ihnen?

Ja, antworte Ben, ich habe es von meiner Mutter geerbt.

Und werden Sie drin wohnen?

Nein (er dachte nach, was er sagen könnte, um sich nicht zu verraten, denn er schämte sich für den Zustand seines Hauses), es ist ja leer, ich müsste es erst neu möblieren. Besser, ich vermiete es. Noch besser: Ich verkaufe es.

Ben wachte auf.

Gestern habe ich dir nicht geschrieben, denn es war mir unmöglich, meine Gedanken zu ordnen. Die Dinge haben sich hier überstürzt, ich hatte einen Unfall, bin gegen einen Laternenpfahl gelaufen, mitten in der Nacht, obwohl ich weder betrunken war noch high, einfach so, als ich versuchte, einem Auto auszuweichen, das ich nicht bemerkt hatte. Ein unaufmerksamer Moment. Ich habe Glück gehabt. Nur eine Platzwunde auf der Stirn.

Der eigentliche Auslöser meines Unfalls war ein Plakat, das mich verblüffte und faszinierte und das ich schon hundertmal in der Stadt gesehen hatte, aber erst in diesem Augenblick wirklich sah, und auf dem ich mich selbst erkannte. Ich hatte keine Zeit, darüber nachzudenken, denn in diesem Moment hörte ich das Auto hinter mir, sprang zur Seite. Eine Laterne stand da. Viel Blut, viel Drama, keine ernstliche Verletzung. Trotzdem: Mein Schädel schmerzt, und ich muss versuchen, mich zu sammeln, um weiter Rechenschaft abzulegen, denn es gibt viel zu erzählen, so viel, dass es mich zu überwältigen droht. Bis jetzt bin ich nicht wirklich Herr meiner Gedanken und Gefühle. Zuerst: Mein Vater lebt.

Ben las, was er geschrieben hatte, strich es durch. Es war nicht nötig, Sascha von seiner Geschichte mit Rachel zu erzählen, damals. Es war nicht nötig, das Plakat zu erwähnen und seinen Unfall. Das gehörte nicht dazu, klang melodramatisch. Er würde sich auf das Wesentliche konzentrieren, wenn seine Kopfschmerzen es ihm erlaubten.

Die Füllfeder, das gleiche Modell wie die auf Henks Schreibtisch, war altmodisch, solide, schwarz mit Gold. Unwillig legte er sie weg und nahm einen Bleistift. Er begann aufs Neue.

Ich weiß kaum, Sascha, womit ich anfangen soll, so viel habe ich erfahren. Zuerst also: Mein Vater lebt, abgetaucht in die eigene Vergangenheit, in die Demenz, seine zweite und letzte Flucht. Er hat die letzten Jahrzehnte hier gelebt, in dieser Stadt. Er hat immer gewusst, dass es mich noch gibt, irgendwo in Deutschland, ein Junge mit einem toten Heldenvater.

Vor mir liegt ein Bild von dir: Ein kleiner Junge, der in höchster Konzentration etwas aus Legosteinen baut – ein Raumschiff, glaube ich, wir haben es noch zu Hause. Deine Augenbrauen sind nachdenklich zusammengezogen, dein Mund ist leicht geöffnet, ich erinnere mich an ein Kinderfoto von Marlene, auf dem ihr Gesicht den gleichen Ausdruck hat. Und gestern habe ich ein Foto bei Clara gesehen, das mich zeigt, fünf muss ich gewesen sein, auf dem Boden spielend, mit derselben, die ganze Welt ausschließenden Konzentration.

Bis vor kurzem habe ich immer geglaubt, ich würde ein guter Vater sein. Ich habe geglaubt, ich wüsste, wie man das macht, mit einem Kind umgehen, wie man das macht, dabei noch sein eigenes Leben in der Hand zu haben, überhaupt irgendetwas zu kontrollieren, das eigene Kind zu schützen vor allem, was ihm zustoßen kann, ich habe geglaubt, ich würde ein Vater werden, die Verantwortung würde alles verändern, und sie hat alles verändert, aber ich irre herum in diesen Veränderungen und erkenne nichts mehr wieder. Die Wahrheit ist: Ich weiß nicht, wie man ein guter Vater wird. Mein Vater war ein Held. Er hat mir zwar nicht das Rasieren beigebracht, aber er, nein, Marlene hat mir ein Ideal gegeben. Das war ihr Geschenk an mich, die Büchse der Pandora, die sie in der Zukunft deponiert hat. Fahr nach Kolumbien, finde raus, was wirklich passiert ist, Junge! Ein Wochenende auf einer verschwitzten Tankstelle ist passiert. Stolz und Wut sind passiert, Kompromisse, Verzerrungen, Schweigen, Lügen, die zu Wahrheiten geronnen sind, Wahrheiten, die zu Asche werden. Ich sehe zum ersten Mal in meinem Leben klar und finde mich doch nicht mehr zurecht.

Natürlich hat es früher angefangen. Darüber wird deine Mutter dir erzählen. Keine Tragödien, das normale Gezerre des Lebens, zwei Menschen, die dauernd der eigenen Arbeit hinterherlaufen und einander dabei zeitweise aus den Augen verlieren. Lange Diskussionen, Tränen, tagelanges Schweigen, dann Vorwürfe, Versöhnungen, Sex, kleine Liebesbeweise, kleine Gedankenlosigkeiten, Unaufmerksamkeit und

Kränkung – der Kreislauf fängt wieder an, ganz banal, zwei Menschen, die mehr wollen als nur einander, mehr wollen als nur einander und ein Kind, die vielleicht zu viel wollen vom Leben, weil sie gelernt haben, es zu erwarten, *the pursuit of happiness*, zwei Menschen, die wohl enttäuscht werden müssen, die sich verlieren in all den kleinen Entscheidungen, jede Entscheidung ein Kreuzweg, eine Richtung, eine Tendenz, zu viele von ihnen faul oder feige oder gleichgültig, das Leben ist schon schwierig genug, zu viele Kompromisse und zugleich zu viel Halsstarrigkeit.

Als während der letzten beiden Jahre noch die Reisen zu Marlenes Krankenlager dazukamen, fühlte deine Mutter sich völlig alleingelassen. Sie wusste, wie krank Marlene war, natürlich, aber sie meinte auch, dass ich mich erpressen ließ, dass sie mich zu immer längeren Besuchen nötigte, nicht nur, weil jeder der letzte sein konnte, sondern auch, weil sie diese Macht genoss. Ich kann das nicht ganz von der Hand weisen, denn sie hat Aufmerksamkeit schon immer genossen, auch wenn sie jedes Mal behauptete, nicht im Mittelpunkt stehen zu wollen, dass es sie verlegen mache – genossen hat sie es trotzdem.

Ich sehe dich auf dem Foto, sehe diesen kleinen Jungen vor mir und weiß nicht, ob ich da sein werde, um ihn aufwachsen zu sehen, ihm abends vorzulesen, ihn zu baden, mit ihm riesige Lego-Raumschiffe zu bauen, mit Spiderman gegen das Böse zu kämpfen, frühmorgens im Park einen Hasen zu sehen. Deine Mutter meldet sich nicht. Sie hatte mich gebeten, jetzt nicht nach Amsterdam zu fahren, die Bestattung zu verschieben, denn du hast eine Mittelohrentzündung, lange Nächte mit vielen Tränen und ohne Schlaf, und Xenia ist selbst sehr eingespannt in ihrer Arbeit. Deine Mutter ist tot, hatte sie kühl festgestellt, sie ist tot, sie ist endlich tot, und dein Sohn lebt, und er braucht dich jetzt, und deiner Mutter ist es egal, wann sie beerdigt wird. Sie ist so übermüdet, dass sie vor Wut heult, wenn eine Scheibe Brot im Toaster stecken bleibt. Dennoch bin ich gefahren. Ich wollte, ich musste nach Amsterdam, musste herausfinden, was vorgefallen war, aber deine Mutter hat das nicht verstanden, hat mir Vorwürfe gemacht, hat mir sogar gesagt, dass ich ausziehen kann, wenn ich jetzt gehe. Ich bin gegangen, im Streit. Jetzt herrscht Stille zwischen uns und nicht zum ersten Mal, und ich weiß, dass ich mitschuldig bin an dieser Stille.

Ich habe versprochen, ehrlich zu sein in diesem Brief, dir die Dinge zu erzählen, während sie sich noch entwickeln, während sie mir noch spitz im Fleisch stecken, bevor sie zu dem Geröll abgeschliffen werden, das alle Flüsse mit sich herumtragen, rundgewaschene Steine der Erinnerung. Ich will dir alles erzählen und kann nur hoffen, dass du, wenn du in meinem Alter bist, selbst genug gelebt und gesehen hast, um jemanden zu verstehen, der gerade am Punkt des Scheiterns steht, der Protagonist einer absurden und improvisierten Familienkomödie. Auch wenn ich eine der Hauptfiguren bin, so kenne ich das Drehbuch nicht, aber ich hege den Verdacht, dass sie so enden wird wie zahllose andere Komödien auch.

Xenia ist nicht mitgefahren zu meinen Krankenbesuchen.

Sie und Marlene haben sich nie verstanden – inkompatible Charaktere, zwei starke Persönlichkeiten. Sie haben sich Mühe gegeben, eine Zeitlang, aber die Distanz ist geblieben. Die beiden brauchten einander nicht, und ich glaube, dass Marlene gemeint hat, die Aufmerksamkeit, die ich meiner eigenen Frau entgegenbrachte, wäre für sie selbst verloren. Eifersucht – ja, vielleicht. Erst deine Geburt vor vier Jahren hat ihre glücklose Beziehung etwas gekittet. Die Bruchlinien aber sind geblieben, und dann, mit meinen Reisen hin und her, zwischen Wien und dem Krankenhaus, zwischen dem ganz banalen Leben und dem schleichenden Tod, sind sie wieder aufgeplatzt. Marlene hat Xenia nur zögerlich an ihrem Leben teilnehmen lassen. An ihrem Sterben aber sollte sie keinerlei Anteil nehmen dürfen.

Aus dem Fenster meines Hotels blicke ich auf die Häuser gegenüber. Da ist ein Schlafzimmer, schräg links unten, mit einem großen Bett, das schon seit Tagen gleich aussieht, gleich ungemacht, die Decke so zusammengeschoben, dass es auf den ersten Blick aussieht, als würde jemand drin liegen. Nur einmal habe ich jemanden in diesem Zimmer gesehen, eine Frau, die etwas von einem Schminktisch holte, ein Schmuckstück, und es rasch vor dem Spiegel anlegte. Beim Hinausgehen blickte sie kurz auf das Bett, berührte es aber nicht und verschwand.

Man bekommt hier oft Einblick in das Leben anderer, aber die scheinen sich nicht darum zu kümmern, dass sie sichtbar sind, sie machen einfach weiter, mit stoischer Gelassenheit.

Ich liebe diese Gelassenheit. Ich liebe den ewig nassen, ewig verkommenen Geruch dieser Stadt, den salzigen Atem des Seewindes. Ich rieche ihn, und ich bin wieder siebzehn, damals, als meine ersten Besuche mir das Tor zum Erwachsensein öffneten. Hier konnte ich mich der Vermeerstraat entziehen, hier habe ich zum ersten Mal einen Joint geraucht, mit einer Frau geschlafen und Menschen kennengelernt, die mich nur sahen, wie ich damals war, die mich nicht als Kind gekannt hatten, für die ich nichts war als ein unbekannter junger Mann, mit dem man ein Bier trinken konnte oder über Musik reden. Spannung und Möglichkeiten überall. In dem Gesicht eines Mannes mittleren Alters, der mir aus dem Spiegel entgegenstarrt, erwacht ein längst vergessenes Gefühl von der Geschmeidigkeit des Lebens.

Bevor ich mich hingesetzt habe, um dir zu schreiben, habe ich schon einen Spaziergang gemacht, früh am Morgen, als die Kellner der Cafés an den Grachten noch damit beschäftigt waren, die Überbleibsel des vorigen Abends zusammenzukehren und Tische und Stühle auf ihren Terrassen aufzustellen, und die Straßenkehrer in leuchtend roten Jacken mit Reisigbesen Zigarettenkippen vor sich hertrieben. Das Wasser in den Grachten lag ölig und fast bewegungslos da, und die Stadt schien noch ganz den Möwen zu gehören.

Die Leidsegracht war anders als alle anderen. Ich bin mir sicher, dass sie gestern noch nicht so gewesen ist, aber heute ist ihre gesamte Oberfläche mit Entenflott bedeckt, der über Nacht explosionsartig gewachsen oder aus anderen Kanälen herübergetrieben ist, eine grüne Fläche, die so aussieht, als ob man sich weich darauflegen könnte, ein tückischer optischer Trick. Es scheint fast, als würden die Hunderttausende von Baumstämmen, die hier in den Grund gerammt worden sind, so noch einmal Blätter treiben.

Er erinnerte sich an diesen Anblick, er starrte aus dem Fenster auf das Wasser, dessen Glitzern in der Morgensonne ihm Kopfschmerzen bereitete, dachte daran, was er heute Morgen erlebt hatte, versuchte eine Ordnung zu finden.

Nach dem Aufwachen hatte er seinen Kopf unter den Wasserhahn gehalten. Sein Schädel pulsierte unter dem kalten Strahl. Es schwindelte ihn, er musste sich auf den Rand der Badewanne setzen. Allmählich klärte sich sein Kopf, das Pochen ließ nach. Er wechselte sein Pflaster. Der Fahrer des Unfallautos hatte ihm noch Verbandszeug mitgegeben und war dann verschwunden, ohne auch nur seine Nummer zu hinterlassen.

Ben bestellte ein Frühstück vom Room Service, nach einem starken Kaffee fühlte er sich sicherer. Ein Blick ins Internet ergab eine Flut von Artikeln und Kritiken über Rachel, seine Lehrerin und ehemalige Geliebte, die eine bekannte Künstlerin geworden war. Warum hatte er noch nie von ihr gehört, wenn sie so viel besprochen worden war? Wien war weit weg, merkte er. Auf einer Website fand er die Adresse ihrer Galerie, die nur einige Straßen entfernt lag. Er nahm seine Jacke und verließ das Hotel.

Ich interessiere mich für Werke von Rachel Richards, sagte er wenig später zur Galeristin, Sie wissen, die Ausstellung im Stedelijk. Steht zum Beispiel die Zeichnung auf dem Poster zum Verkauf?

Die Galeristin sah ihn an. Ein Mann in verknitterter Kleidung mit einem großen Pflaster auf der Stirn. Übernächtigt. Irgendwie aufgeregt.

Nein, sagte sie, Privatsammlung, tut mir leid. Aber ich habe andere Blätter von ihr. Wollen Sie etwas sehen?

Gerne. Ben zögerte. Dann fragte er: Der junge Mann auf dem Plakat ...

Das ist kein junger Mann mehr, sagte die Galeristin kühl.

Ben sah sie an.

Es ist ein frühes Blatt. Die Künstlerin hat damals viele Akte von jungen Männern geschaffen.

Viele?

Sie haben nur wenige hängen können. Aber es soll eine Retrospektive über dreißig Jahre sein, da gehören sie einfach dazu. Sie haben eine ganz besondere Energie, eine gelöste Sinnlichkeit. Wenn Sie sich für die Zeichnung interessieren ...

Sie ging zu einer großen Stahlkommode mit breiten, flachen Schubladen und zog eine auf.

Sehen Sie!

Vorsichtig wendete Ben die Blätter an den Ecken. Aktzeichnungen von jungen Männern, die meisten liegend, einige sitzend, auf dem Bettrand, erregt oder in sich selbst zurückgefallen, kohleverschmiert, schwarz und weiß, besessen und gezeichnet.

Sie nennt es ihre Harlekin-Serie, sagte die Galeristin trocken, der Farbkontrast.

Ich würde die Künstlerin gerne sprechen.

Sie ist eine sehr private Person, ich glaube nicht, dass das möglich sein wird.

Der junge Mann auf der Zeichnung ...

... der Sie so interessiert ...

... der auf dem Plakat ... der bin ich.

Die Galeristin trat etwas zurück, musterte ihn, das Pflaster auf seiner Stirn, seinen ganzen Körper, die Hose, die er sich beim Fallen über dem Knie eingerissen hatte. Erst jetzt wurde ihm bewusst, dass er sich noch nicht umgezogen hatte.

Möglich, sagte sie.

Wie bitte?

Alles ist möglich. Wir sind alle keine zwanzig mehr.

Siebzehn, sagte Ben leise.

Wie meinen Sie?

Das ist nicht wichtig. Können Sie mir vielleicht ihre Nummer geben?

Nein, tut mir leid. Aber wenn Sie Ihre Nummer dalassen, sehe ich, was ich machen kann.

Das ist Benedict, sagte Clara laut und langsam kaum eine Stunde später, dein Sohn!

Sie hatten telefoniert, unmittelbar nachdem er die Galerie verlassen hatte. Du hast recht, hatte sie nur gesagt, du sollst ihn sehen, wenn du das möchtest. Er ist heute zu Hause, heute Morgen habe ich ihn abgeholt. Ein Tag Urlaub vom Heim. Komm vorbei, wenn du willst.

Sie hatte ihn noch einmal gewarnt, er solle nicht zu viel erwarten, Henk sei noch im letzten Monat stark verfallen. Ben war sofort gekommen, und jetzt saß ihm ein alter Mann gegenüber, abgemagert (»er weigert sich zu essen, oder er vergisst es einfach, wenn niemand bei ihm sitzt«), das Gesicht von einem kurzen, weißen Bart bedeckt (»er wird aggressiv, wenn die Pfleger versuchen, ihn zu rasieren, also haben sie es aufgegeben«). Der alte Mann sah Clara verständnislos an.

Dein Sohn, wiederholte sie, Benedict! Da!

Der alte Mann sah in seine Richtung. Ben verglich dieses eingefallene Gesicht mit den Zügen seines Vaters, die er sich von den wenigen Fotos, die seine Mutter ihm zeigte, immer wieder eingeprägt hatte. Ein Foto gemeinsam in einem Strandkorb, eins bei einem Elbspaziergang, einige Schnappschüsse aus den Zeiten der Kommune, ein Studioporträt, auf dem Henk stattlich und fast verwegen, aber mit Hemd und Jackett doch seltsam altmodisch wirkte. Dieses Gesicht ließ sich mit einiger Mühe wiedererkennen in seinem Gegenüber, das immer noch schwieg. Clara, die das Gesagte viermal wiederholte, zuckte mit den Schultern und setzte sich aufs Sofa. Wie du siehst, sagte sie zu Ben, das ist alles.

Ben wollte etwas sagen, er wollte unendlich viel sagen, aber jeder Anfang schien ihm gleich absurd, jeder Satz, der sich in seinem Kopf formte, wurde sofort verworfen. Vater und Sohn saßen sich stumm gegenüber. Clara stand auf, schneller als gewöhnlich, und sagte: Ich werde uns Tee machen. Du bleibst doch?

Natürlich, sagte Ben. Jetzt saßen sie allein da. Der Mann, der einmal Henk gewesen war, der Radikale, der Direktor, Verführer, war leicht nach vorne gebeugt und lächelte vor sich hin. Ein dünner Speichelfaden lief aus seinem Mundwinkel. Plötzlich richtete er sich auf, sah Ben mit einem scharfen Glitzern an und sagte:

Ik weet precies wie je bent.

Der Mann, der einmal Henk gewesen war, kicherte lautlos und blickte vor sich auf den Boden.

Hat er mit dir gesprochen?, fragte Clara, die mit einem Tablett zurückgekommen war.

Ja, sagte Ben.

Was hat er gesagt?

Er sagt, er weiß genau, wer ich bin.

Clara sah auf ihren Mann, nahm ein Taschentuch und wischte ihm den Speichel von Mund und Pullover. Er sagt sowas, kommentierte sie, alle möglichen Dinge. Das will nichts heißen, nicht, dass ich ... Er redet nur so. Nimm nicht alles wörtlich.

Er hat mich erkannt, dachte Ben, er hat mich erkannt. Dann fragte er: Hat er noch luzide Momente?

Schwer zu sagen. Manchmal. Da scheint es für fünf Minuten, für eine halbe Stunde vielleicht, als wäre alles relativ normal, aber dann kommen die Nebel wieder, alles verschwimmt zur völligen Unkenntlichkeit, er erinnert sich an nichts mehr, auch nicht an seinen eigenen Namen.

Spricht er manchmal über die Vergangenheit?

Nur darüber. Manchmal ist er noch Korrespondent im Kalten Krieg, manchmal ist er ein Kind. Alles spielt sich in der Gegenwart ab. Es verwirrt ihn, dass die Menschen um ihn herum anders aussehen, dass er in einer Klinik aufwacht. Es macht ihm Angst. Dauernd versucht er Sachen zu identifizieren, Sachen von damals. Dauernd erkennt er Leute. Er glaubt, sie wären jemand von damals.

Ich bin jemand von damals.

Clara sah ihn an, lächelte. Natürlich, sagte sie, das habe ich nicht vergessen, vielleicht hat er ja wirklich ...

Es ist gleichgültig, sagte Ben, ein Zufall, wie du sagst. Und wenn schon.

Sein Herz raste, und er versuchte gewaltsam, sich zu beruhigen. Dankbar nahm er eine Tasse Tee, häufte zwei Löffel Zucker hinein und hob sie zu den Lippen, hielt sie dort, als könne er sich dahinter verstecken. Er blies die Dampfschleier von der Oberfläche, wieder und wieder. Clara ließ ihm Zeit, redete hin und wieder leise mit Henk, zeigte auf Ben und erklärte, wer der Gast war. Eine tiefe Vertrautheit lag in ihrer Art, sich um ihn zu kümmern, sich über ihn zu beugen. Henk saß da und lächelte. Ja!, sagte er manchmal ohne erkennbaren Anlass.

Seid ihr ... glücklich gewesen miteinander?, fragte Ben.

Das ist ein so großes Wort. Henk mochte auch große Worte.

Ja!

Und?

Ich habe solche Worte schon lange aufgegeben. Er kann sie nicht mehr gebrauchen. Sie sind rausgefallen aus unserem Leben.

Und was bleibt?

Gewohnheit bleibt. Gewohnheit und Sentimentalität. Ich bin nicht der sentimentale Typ. Gewohnheit reicht.

Hast du ihn geliebt, und er dich?

Damals? In Südamerika? Da habe ich geglaubt, dass ich ihn lieben würde, ich habe es wirklich geglaubt.

Und war es nicht so?

Eigentlich ging es mir gar nicht um ihn.

Ich verstehe nicht ...

Deine Mutter und ich, wir waren befreundet.

Damals, in Hamburg.

Ich habe sie immer bewundert. Man wollte einfach von ihr geliebt werden. So war ich nie. Aber sie war bildhübsch und hatte eine tolle Figur und noch dazu einen Freund, der Journalist war, einer von den Radikalen, ein Typ, über den alle möglichen Gerüchte kursierten. Er soll Kontakte in die Terrorszene haben, hieß es. Und der Typ war der Liebhaber von Marlene, meiner perfekten Freundin! Ich habe mich ohnmächtig gefühlt ihr gegenüber, ihr vollkommenes Glück hat mich erdrückt.

Ihr vollkommenes Glück!

So sah ich es damals. Und dann, als wir uns in Südamerika trafen, aus Zufall, und als wir da festsaßen, auf dieser Tankstelle. Vielleicht habe ich geglaubt, dass er eine Art Talisman wäre, der Glücksbringer, oder eine Art Kompensation des

Schicksals, ein Fingerzeig. Ich wollte ihr nicht wehtun, aber ich wollte, was sie hatte. Und das war er.

Ja!

Eine kurze Affäre unter Kollegen.

Nein! Das war es ja! Ich wollte ihn. Ich wollte diese Nacht der Zeit stehlen und dem Leben, ein heimlicher Triumph über die Routine. Immer dieselben Fotos, immer dieselben Typen. Aber meine Fotos verkauften sich gut, ich war viel unterwegs. Es gab niemanden, der auf mich gewartet hätte, wenn ich zurückkam. Marlene schien so frei, in Hamburg, mit ihren intellektuellen Freunden und den durchdiskutierten Nächten und ihrem Kind mit den Locken, ich wollte dieses Leben, den Mann, der es ihr gegeben hatte. Also wurden wir ein Paar, damals. Wir haben miteinander geschlafen und miteinander geredet, bis zum Morgengrauen, und ich war high, aufgeregt, denn mein Diebstahl war geglückt, ich hatte dem Leben ein Stück leuchtender Farbe entrissen, eine Erinnerung, von der ich Monate zehren konnte. Dann aber, kurz vor unserer Rückkehr, die für mich auch das Ende dieser glücklichen und sinnlichen Zeit sein sollte, fragte er mich, ob er bei mir einziehen könne, ganz nebenbei. Ich war zu verblüfft, um abzulehnen. Der Mann, den ich wollte – es fühlte sich damals wie Liebe an –, kam zu mir. Ich musste ihn nicht erobern. Ich wusste von Marlene und von dir, natürlich. Aber einmal wollte ich auch – und es war seine Entscheidung, ich habe ihn zu nichts gedrängt, ich war ganz überwältigt davon, und lange habe ich gar nicht nachgedacht, lange habe ich geglaubt, dass er mich bald wieder verlassen würde, dass es sowieso nicht dauern könne, dass er zurückkehren würde zu ihr, aber als sie hier gewesen war, und nachdem ich sie – da war dann alles anders. Es war nicht geplant, es ist alles einfach irgendwie passiert, und es hat Jahre gedauert, bis ich gemerkt habe und mir zugegeben habe, dass der Mann, der da in meinem Haus wohnte und in meinem Bett schlief, einen festen Plan hatte in seinem Leben und dass ich ein Teil sein konnte, wenn ich meine Rolle spielte in diesem Plan, die Rolle der verlässlichen Stütze, denn seine Musen hat er woanders gesucht. Ich war da für ihn. Ich habe zu fotografieren aufgehört. Vielleicht wollte ich mich selbst bestrafen für das Glück, das ich anfangs immer noch fühlte. Nach zehn Jahren mit ihm war davon nichts mehr zu spüren.

Warum bist du geblieben?

Was heißt hier geblieben? Es ist mein Haus!

Warum hast du ihn nicht …

So jemanden wie ihn wirft man nicht hinaus. Ich nicht. Er war ja auch – aufregend, charismatisch. Dann gab es das Institut. Das hat Arbeit gefressen und Zeit und Gefühle. Es war unser Institut, auch wenn er der Direktor war. Wir waren seine Eltern. Die Arbeit, das war unsere Gemeinsamkeit.

Und nachher, zu Hause?

War er in seinem Arbeitszimmer und hat geschrieben. Wir haben kaum gesprochen miteinander. Wenn er nicht im Arbeitszimmer schlief oder bei seiner jeweiligen Assistentin, dann blieben wir beide auf der eigenen Seite des Betts. Berührt haben wir einander schon lange nicht mehr. Der

Gedanke daran begann mich anzuwidern. Er kam, und er roch manchmal nach einer anderen, und dann wollte er wieder mich, vermutlich weil sie keine Zeit hatte oder ihn hatte sitzenlassen oder weil er für einen Abend überwältigt war von schlechtem Gewissen. Ich konnte seine Hände auf mir nicht ertragen.

Ja!, sagte der Mann, der Henk gewesen war, laut.

Und dann?

Nichts. Gewohnheit. Geschäftsreisen, Tagungen in der ganzen Welt, Menschenrechtsaktivisten, Diplomaten, Cocktails und Gefälligkeiten, Ansprachen und Abendessen.

Klingt wie mein Leben.

Gewohnheit eben.

Sie schwiegen. Ben sah zu der Ruine seines Vaters.

Ja, sagte die Ruine seines Vaters in die Stille hinein. Ja.

Bens Handy klingelte. Ich muss gehen, sagte Ben.

Ich habe dich gewarnt, sagte Clara. Ihr Mund lächelte. Kommst du wieder?

Natürlich, sagte er, morgen, wenn du willst. Er stand unschlüssig vor dem Greis, der sein Vater war, und streckte die Hand aus. Er nahm sie, kraftlos, keine Muskeln, eingetrocknet, ganz weiche Haut und Knochen.

Auf der Straße wählte Ben gleich die Nummer, die ihn angerufen hatte. Eine Amsterdamer Vorwahl. Während es klingelte, schluckte er nervös, er fühlte sich wie damals, als er siebzehnjährig an ihre Tür geklopft hatte, die Tür einer fremden Frau in einer Stadt, in der alles möglich schien.

Danke für den Rückruf, sagte Rachel durchs Telefon, die Galerie hat mir deine Nummer gegeben. Ihre Stimme hatte sich kaum verändert. Sie war tiefer geworden, aber es war deutlich die gleiche Stimme wie damals, vor fast dreißig Jahren. Sie verabredeten sich zum Abendessen.

Ich bin neugierig auf dich!, hatte sie zum Abschied gesagt.

Ben lief es kalt über den Rücken. Er wollte sofort wieder absagen, eine Ausrede erfinden. Sie würde ein Urteil fällen über ihn, den Schatten seines jugendlichen Selbst, ihres Liebhabers – unerfahren, ungestüm, leidenschaftlich, einfallsreich.

Was war passiert mit diesem Jungen? Er konnte sich kaum noch daran erinnern, wie es sich angefühlt hatte, damals.

Hätte Ben eine imaginäre Lebenslinie gezeichnet, einen Pfeil von seiner Geburt bis in die Gegenwart, und hätte er darauf alle wichtigen Daten seines Lebens verzeichnet, die offiziellen, privaten, beruflichen und so weiter, dann hätte sich in seinen Zwanzigern eine lange, leere Strecke ergeben, eine Einöde mitten in seinem Leben, ohne Meilensteine, ohne Hinweisschilder oder Erinnerungstafeln, in der einfach gar nichts passiert zu sein schien, eine unendlich scheinende Strecke der Ereignis- und Bedeutungslosigkeit.

Er hatte große Pläne. Er wollte Maler werden, natürlich, und seine Mutter hatte ihre anfängliche Skepsis überwunden und ihn unterstützt, sogar de Zwart hatte ausdrücklich gesagt, er habe Talent.

Ben hätte damals vielleicht nach Amsterdam ziehen sollen, aber stattdessen war er geflohen, ans andere Ende Europas, nach Wien. Er hatte behauptet, dass dort die Kunstgeschichte besonders gut sei, aber tatsächlich war es eine Flucht gewesen. Er wusste nichts von Wien, es war ein weißer Fleck auf der Karte und er ein unbeschriebenes Blatt. Das war ihm gerade recht.

Manche Städte lassen nicht mit sich spaßen. Er war in Wien angekommen und langsam erstarrt. Gleich am ersten Tag hatte es begonnen. Als er das allererste Mal in den ersten Bezirk ging, gleich nachdem er seine Sachen deponiert hatte, wurde er an einer Polizeiabsperrung angehalten. Rechts von ihm erhob sich die mächtige Fassade der Hofburg. Er fand sich mitten in einer Menschenmenge. Dann kam sie: eine Prozession von Soldaten in historischen Uniformen und mit falschen Bärten, wie ein Kostümball der Kaiserzeit am helllichten Tag, und hinter ihnen folgten sechs schwarze Pferde, geschmückt mit schwarzen Straußenfedern, und ein gigantischer Katafalk, der langsam an den Köpfen vorbeischwebte, in einer langsamen Kurve. Zita war es, die Frau von Kaiser Karl, der 1918 abdanken musste. Nach wenigen Minuten war alles vorbei. Die Straßensperren verschwanden, Autos setzten sich in Bewegung, Menschen gingen ihrer Wege, auch Ben ging weiter.

Wäre er klug gewesen damals, wäre er erfahrener gewesen und kein Lebensdebütant voller ungewisser Erwartungen, er hätte vielleicht gestutzt bei diesem Erlebnis. Er hätte gesehen, dass die Gegenwart hier weiter weg schien als anderswo, dass hier alles mit einer ganz feinen Staubschicht bedeckt zu sein schien, so als würde die Asche ferner Bombennächte unaufhörlich aus der Atmosphäre herunterrieseln, nach Jahrzehnten noch, ein beängstigendes Phänomen. Es dauerte Monate, bis der Effekt sich bemerkbar machte, aber dann schien er ebenso unausweichlich wie die Schwerkraft.

Der Anfang war noch voller Aktivitäten. Er kam zur Kunstakademie mit seinem Empfehlungsschreiben (von de Zwart), er besuchte Kurse und Cafés, arbeitete manchmal bis in die Nacht hinein an seinen Bildern und Zeichnungen. Im Winter raste ein stechender ungarischer Wind durch die schnurgeraden Straßen, und die Fensterscheiben in seiner kleinen Wohnung klirrten, wie sie es sonst nur taten, wenn eine Straßenbahn vorbeifuhr. Dann wurde es Sommer, und der Wind war erstorben in der glühenden Stadt. Nur manchmal, nachmittags, erhob er sich, und dann entluden sich fürchterliche Gewitter, die die Fensterscheiben wieder zum Zittern brachten.

Feiner Sand schien aus den Steppen im Osten zu kommen. Ben wusste zuerst nicht, ob er sich diesen Sand nur einbildete, der sich über alles zu legen schien – nicht nur auf die prächtigen Gebäude und die Mietshäuser, sondern auf Blätter und Parkbänke, auf die Menschen in der Straßenbahn und sogar auf Gespräche. Auch Ben war von dieser feinen Schicht bedeckt, die Wasser nicht vom Körper waschen konnte. Auf die Kunstakademie ging er kaum mehr. Die Bilder standen unberührt in einem Winkel.

Zuerst hatte er noch gelesen, Pläne gemacht: reisen, eine Freundin finden, eine Ausstellung organisieren. Dann, allmählich, brachte der Sand sein inneres Getriebe zum Knirschen, verlangsamte es kaum merklich, machte alles etwas schwieriger; nie so viel, dass es ganz zum Stillstand gekommen wäre, aber doch genug, dass es bald schwer für ihn war, das Gewicht des Alltags zu schleppen. Vielleicht hatte das auch nichts zu tun mit dem geheimnisvollen Sand und mit dieser Stadt. Vielleicht war er nur der Enkel der ebenfalls im Exil erstarrten Elly. Jeder Weg gabelte sich mit Irrwegen und Sackgassen. Hinter jeder Möglichkeit lauerte ein Verhängnis.

Vielleicht waren seine Erwartungen zu hoch gewesen. Obwohl er kaum mehr war als ein Schuljunge, hatte er schon eine erwachsene Affäre hinter sich. Rachels selbstbewusste Art, sich zu nehmen, was sie wollte, warf einen Schatten über alle anderen Frauen, über Mädchen, die unsicher waren wie er selbst.

Ein anderer Schatten verdunkelte seinen Plan, Künstler zu werden. Während seiner Jugend hatte er seine Leidenschaft auf die begehrenswertesten Frauen der Vergangenheit gerichtet. Sogar die Sammlungen pornografischer Bilder waren Vintage-Fotos von wohlgerundeten Schönheiten, deren Enkelinnen längst vergreist waren. Die gemalten Körper aber, die Geliebten großer Meister, die mit seinem Blick spielten und deren letztes Geheimnis durch zarte Pinselstriche verborgen blieb, die Körper, deren ungefähre Konturen sein inneres Auge dazu anstachelten, sie ganz lebendig werden zu lassen, diese Körper hatten ihm ein so überhöhtes Verlangen nach gemalter Schönheit und nach Schönheit überhaupt gegeben, dass nicht nur die Menschen um ihn herum weniger intensiv leuchteten, sondern dass besonders seine eigene Arbeit ihm unerträglich ungeschickt erschien. Installationen und Videos interessierten ihn nicht. Sie schienen eine Ausrede für die eigene Unfähigkeit, etwas zu schaffen, was zwar nicht neben Rembrandt und Goya bestehen konnte, aber doch zumindest neben einem guten Meister aus der zweiten oder dritten Reihe. Diese Unfähigkeit hielt ihn gefangen. Während er auf die ewig kritische, ewig kommentierende, ewig kreischende Kunst seiner Zeit mit der Arroganz eines jungen Menschen hinabsah, musste er sich jeden Tag ein Stück mehr eingestehen, dass er an das, was er bewunderte, nicht heranreichen würde. Sein Arm wurde von Tag zu Tag ein wenig schwerer, weil ihm die Augenpaare aus der Vergangenheit über die Schulter blickten. Ein hoffnungsloser Wettbewerb.

Dann gab er auf – inoffiziell und in kleinen Schritten. Er betrat die Akademie nur noch zum Inskribieren, zog sich zurück. Der feine Sand hatte seine Wirkung getan. Dies war der Anfang von Gelegenheitsjobs, einsamen Ritualen und gleichgültigen Affären, die sich über zehn Jahre zogen. Nach und nach schienen die Ränder seiner Persönlichkeit sich aufzulösen. Er saß in Cafés und beobachtete andere Menschen, fragte sich, wie es sich anfühlen würde, sie zu sein, wie er die Welt an ihrer Stelle sehen würde, wie es für sie war, ein Bild zu sehen, einen Orgasmus zu haben, ihn selbst da sitzen zu sehen. Die Dinge schienen sich mehr und mehr zu verwischen. Er war gequält von dem Gedanken an die vielen möglichen Leben, die er leben könnte, die er verpasste, während er hilflos zusah, wie die Zeit ihm durch die Finger rann. Immer wieder dachte er an Rachel. Er wollte sie anrufen, zu ihr fahren, aber gleichzeitig war es ihm unmöglich, auch nur den Hörer von der Gabel zu nehmen. Damals, mit ihr im Bett, hatte er verstanden, dass der Verdacht seiner jugendlichen Leidenschaftlichkeit richtig gewesen war: dass alles Lüge war, was er bis dahin gelernt hatte, dass die Wahrheit ein körperlicher Akt war, jetzt war er dieser Erinnerung hilflos ausgeliefert. Amsterdam existierte in seinem Kopf als ein ferner, glücklicher Planet, auf dem alles selbstverständlich war, möglich, hoffnungsvoll, in ewig schwappender Bewegung.

Langsam erkannte er, dass er einem Missverständnis zum Opfer gefallen war. Kunst war für ihn ein Fluchtpunkt, aber kein Ort, an dem er wohnen konnte. So wohnte er am Rand des eigenen Lebens, und kein Passant ging an ihm vorbei, ohne dass er sich überlegte, ob er in dessen Haut nicht glücklicher gewesen wäre. Beim Anblick von Vätern, die ihren Söhnen den Arm um die Schulter legten, wurde ihm übel.

Die Einsicht seines Irrtums hatte nichts einfacher gemacht. Der einzige Weg, der sich seit Kindheitstagen abgezeichnet hatte, führte ins Nichts, aber ein anderer war nirgendwo zu sehen. Keine Rolle, die das Leben ihm vorschlug, nahm er ernst; ein Leben, hingeschmiert wie eine liegengelassene Skizze.

Als Xenia auftauchte, wusste er, dass er als jung gescheiterter Künstler und unrasierter Barkeeper nicht nur keine Chance, sondern überhaupt kein Recht hatte, einer so erstaunlichen Frau unter die Augen zu treten. Vielleicht ließ sie ihn das spüren. Sie hatte eine Klarheit an sich, die ihm fast Angst machte und die sie umso begehrenswerter erscheinen ließ.

Von einem Tag auf den anderen begann er sich regelmäßig zu rasieren und sich ernsthaft nach einem Beruf umzusehen, nach einer Zukunft. Er fand diese Zukunft nicht – aber sie fand ihn. Er rutschte irgendwie in eine Marketingagentur hinein, wo sein an der Renaissance geschulter Blick für dramatische Bilder Kampagnen inspirierte, die Kollegen für innovativ hielten. Eine Serie für einen italienischen Dessous-Hersteller inszenierte die Modelle im Geiste Tizians, Caravaggio war der heimliche Art Director einer gefährlich coolen Kampagne gegen Drogen.

Ben hatte ein Gespür für Überraschungen und verführerische Illusionen; seine Jahre in der Wüste hatten ihn etwas gelehrt über Trugbilder, und seine jugendlichen Verliebtheiten kamen ihm jetzt zustatten. Die Mühelosigkeit seines eigenen Aufstiegs wunderte ihn selbst am meisten. Die Arbeit kostete ihn wenig, es lag ihm wenig an ihr. Er verdiente gut. Er kultivierte den Nimbus des Künstlers mithilfe bescheidener Dementi und charmanter Selbstironie auf einer endlosen Prozession von Vernissagen und Empfängen. Schon bald graduierte er von Dessous und Heroin zum alleinigen Betreuer einiger großer Museen.

Erst nachdem ihm seine Verwandlung vollkommen schien, hatte er es gewagt, Xenia zum Essen einzuladen. Sie nahm seine Avancen amüsiert und gelassen hin. Wie du dich gemausert hast!, sagte sie. Sie war Wissenschaftlerin. Sie hielt ihn auf Armeslänge. Ihre Ferne erleichterte ihn unsagbar. Jahrelang war das so gegangen. Dann kam Sascha, unangemeldet, ein unvorsichtiger Moment. Sie heirateten, ganz bürgerlich. Der Junge würde eine Familie haben, sie würden so etwas wie eine Familie werden.

Er erinnerte sich an die Hoffnung der ersten Monate, die Schwangerschaft, an ein Gefühl der Demut. Er erinnerte sich daran, Sascha zum ersten Mal zu halten, mit Xenia nach Hause zu kommen, zu einem neuen Leben. Aber es hatte nicht begonnen, dieses neue Leben. Als Xenia wieder zu arbeiten begann, war keine Zeit mehr für Neues, für Unerwartetes. Zeit war verplant, abends aßen sie stumm vor dem Fernseher, dann saßen sie nebeneinander auf dem Sofa, jeder mit einem Tablet beschäftigt. Mails beantworten, Nachrichten, wissenschaftliche Artikel, Networking, Unterhaltung. Auf Armeslänge. Natürlich war es nicht ihr Fehler, nicht sein Fehler. So ist das Leben. Nur durchkommen durch diese Jahre, dann, vielleicht, kommt das Neue doch.

Vor zwei Monaten war mitten in die Ehe, Kinderbetreuung, Mutterbesuche und gefährlich schwankenden Gefühle ein Angebot geplatzt, dass Bens Karriere auf eine ganz neue Grundlage hätte stellen können: Caramel & Cie., eine der führenden Agenturen in der Pariser Modewelt, hatte ihm einen Job als Creative Vice-Director angeboten, völlig überraschend. Die von Caravaggio inspirierten Junkies hatten die Aufmerksamkeit des Olymps auf sich gezogen. Ben lehnte ab, ohne lang nachzudenken, denn es würde den Umzug nach Paris bedeuten, weg von Sascha, weg von Xenia, weg von den vergangenen Jahren seines Lebens. Er hatte ihr natürlich davon erzählt. Sie, gerade zurück von einer Konferenz in Stockholm, hatte kaum reagiert, eine sarkastische Bemerkung gemacht, war ins Bett gegangen. Tu dir meinetwegen keinen Zwang an, deine Karriere ist deine Karriere. Sie war hundemüde.

Es war ein Bedürfnis nach Stille gewesen, das der Ablehnung zugrunde lag, nicht die Vorstellung, Xenia und Sascha nur am Wochenende zu sehen. Ben hasste die lächerliche Welt der Mode und ihre Partys, auf denen träge, tränende Augen alter Männer sich an Miniröcken und Hotpants festsaugten. Er hasste laute Musik. Der Beat, ein dröhnender Angriff. Hinterrücks, betäubend, unterschwellig.

Das Museumsgeschäft war ruhig; es bot wenig Glamour, der Wein auf den Empfängen war kein Champagner, sondern in der Regel ein gewöhnlicher Grüner Veltliner, im Gegenzug bot diese Existenz den soliden Glanz bürgerlicher Anerkennung. Er verdiente nicht die Hälfte von dem, was er in Paris kriegen würde, aber er fühlte sich wohl hier. Im Gegensatz zu Xenia war sein Ehrgeiz bescheiden. Sein Fürsprecher in Paris hatte seine Ablehnung nicht angenommen. Denken Sie nochmal drüber nach, hatte er gesagt, Sie haben meine Nummer.

Ben ging an einem Hausboot vorbei. Wucherndes Grünzeug auf dem Dach, zehn Meter häusliche Idylle, fachmännisch vertäut an gedrungenen gusseisernen Pollern, nicht Land und nicht Meer, eine barmherzige Zwischenwelt. *Te koop* stand in einem Fenster, zu verkaufen. Auf einmal überfiel ihn der Gedanke, sein Geld zusammenzukratzen und inkognito hierherzuziehen, weg von allen ungelösten und unlösbaren Fragen. Er sehnte sich danach, auf diesem Hausboot zu leben, immer nur auf Zeit an einem Ort. Seine große Wohnung im vierten Bezirk in Wien, mit Frau und Kind, Parkett und originalen Fensterbeschlägen – was für ein Betrug! Das, was einem zustößt, sieht im Nachhinein aus wie eine sich folgerichtig entwickelnde Biografie. Nichts ist logischer als die Bahnen einer Billardkugel.

Zwischen der hölzernen Wand des Hausboots und den geordneten Ziegelsteinen des Ufers gluckste ein schmaler Wasserstreifen. Nur dort kann man atmen, dachte er, im Zwischenraum, nur da sind Möglichkeiten, auch wenn die Wände an beiden Seiten alles zu zerquetschen drohen, was dazwischen fällt.

Immer hatte er versucht, sich einen Zwischenraum zu erhalten, diskret und ohne darüber zu sprechen. Schon damals, als er in seinem Kinderzimmer hinter der verschlossenen Tür Göttinnen geliebt hatte, hatte er seine Freiheit so gefunden. Jetzt, da sein Leben festgezurrt war zwischen den Verpflichtungen und Erwartungen einer geregelten Existenz, hielt er sich diese glucksende Tiefe noch immer offen. Seine Ehe war wider Erwarten leidenschaftslos, ein Raum mit klaren Regelungen und gelegentlichen Momenten der Nähe, die ihn noch immer mit der Möglichkeit der Erfüllung quälten. Wortlose, körperliche Nähe zu Xenia, die in seltenen Momenten alle Routine und alltägliche Sachlichkeit vergessen ließ, unermessliche Nähe zu Sascha, erschreckend in ihrer vorbehaltlosen Hingabe.

Dennoch zog er sich mehr und mehr zurück. Seine Freiheit bestand aus gelegentlichen Episoden mit Kolleginnen oder zufälligen Bekanntschaften in Hotelzimmern oder in irgendeiner Wohnung. Nie wurden Affären daraus. Er merkte sich keine Adressen, schrieb keine Nummern auf, erinnerte sich kaum an Namen. All das hätte ihn nur beschwert, noch ein Seil, das ihn festgezurrt hätte. Er konnte dem Zufall diese Leichtigkeit abluchsen, ihn austricksen und genießen. Fremde, warme Körper in fremden Betten, ein geheimes Pulsieren ohne Konsequenzen. Gesichter, die sich in seiner Erinnerung vermischten. Manchmal hatte er dafür gezahlt. Es passierte nicht regelmäßig, hatte keine Methode. Er war beruflich viel unterwegs. Es ergab sich gelegentlich.

Seltsam war, dass diese Momente keinen Anspruch auf Wirklichkeit erhoben. Wenn er wieder zu Hause war, wenn er mit Sascha spielte oder den Plan für die kommende Woche mit Xenia durchging, wenn er sie liebte oder mit Kollegen redete, dann schien ihm die Erinnerung an das Gewesene wie etwas, was ein anderer erlebt hatte, etwas, wovon er gehört oder gelesen hatte, in einem Roman oder einem Film. Er hatte nichts damit zu tun in seinem geordneten Leben.

Das war nicht er. Manchmal kam es ihm so vor, als wäre er ohne diesen stillen Doppelgänger längst verrückt geworden.

Ik weet precies wie je bent.

Könnte Henk noch sprechen, hätten die Bilder in seinem verdämmernden Bewusstsein noch einen Weg in Worte gefunden, dann wäre er in der Lage gewesen zu erzählen, was gerade in ihm vorging. Ein Mann war gekommen, sein Gesicht ihm gegenüber, eine Ewigkeit. Er kannte diesen Mann. Er war dieser Mann. Er sah sein Spiegelbild. Alles war gleichzeitig da: ein Bild von Benedict, seinem kleinen Sohn, den die Mutter ihm weggerissen hatte, der Mann, der er selbst gewesen war, die Frau, die ihn an Clara erinnerte, Clara, die ihn in der tropischen Hitze erobert hatte, bevor sie unaufhaltsam erkaltete. Er selbst war da, vielleicht zehn Jahre alt, am Ende des Kriegs. Er fand sich nicht zurecht in diesen Bildern, es war niemand mehr da, der Ordnung schaffen konnte in diesem Korallenriff der gleichzeitigen Vergangenheiten, in den Eindrücken, die wie Medusen an ihm vorbeizogen und in die Dunkelheit verschwanden. Er kannte sein Gegenüber. Er fühlte sich in seinem Körper, mit seiner Kraft, seinen ausladenden Bewegungen, dem Selbstbewusstsein, das er fühlte, auch wenn es seltsam erschüttert schien, als würde der Mann etwas sehen, wovor er Angst hatte. Der junge Henk starrte ihn an mit einem Pflaster auf der Stirn, und er sah die Furcht in seinen jungen Augen, und er fühlte, wie er gewesen war, er fühlte seinen Körper mit Mitte vierzig, die immer wieder aufwallende Hitze darin, das Gefühl der eigenen Macht, wenn er einen Raum betrat, das plötzliche Zusammenziehen seines ganzen Leibes, wenn er eine Frau sah, die er begehrte, die mit ihm arbeitete oder nur an einem stürmischen Tag mit dem Fahrrad an ihm vorbeifuhr, angespannt und mit entschlossener Freude im Gesicht. Der Körper des alten Henk kannte diese Zustände nur als fernes Echo, aber im Körper des Jüngeren spürte er sie. Er spürte diesen Körper und dessen Gedanken, das Institut, Südamerika, der Kampf gegen die Diktatur. Seine ehemaligen Freunde meinen, man könne einen südamerikanischen Diktator nicht von einem Institut in der Prinsengracht aus bekämpfen, aber ihr Gerede interessiert ihn nicht. Er ist das Institut. Er hat Einfluss. Politiker geben ihm Geld, dann können auch sie sagen, dass sie etwas tun. Er hat Opfer gebracht für seinen Kampf. Marlene, die Gleichgültige, hatte er geopfert, und seinen einzigen Sohn. Er weiß, was das bedeutet. Wenn er in Chile oder Kolumbien sagt, er habe Frau und Kind verloren, hat er das Gefühl, in eine Gemeinschaft einzutreten. Man vertraut ihm dort. Auch die Geschichte mit der Entführung damals hat ihn glaubwürdiger gemacht. Die Zeitungen hatten auch hier darüber berichtet. Dementi werden nie gedruckt. Was einmal erschienen ist, ist auch passiert. Dementsprechend hat er den Bericht über die abenteuerliche Flucht gemeinsam mit Clara weiter ausgefeilt. Er ist ein effektiver Erzähler. Man hört ihm zu. Er arbeitet an einem Buch über seine Erfahrungen in Südamerika, ein persönlicher Bericht mit politischen Analysen, ein Manifest für die Freiheit. Hunderte von Seiten hat er schon. Er schreibt nachts, dann fühlt er sich klar. Manchmal geht er mit seiner Assistentin essen und dann zu ihr, und sie lieben sich, und dann verabschiedet er sich und kommt um eins oder zwei nach Hause. Clara ist dann längst im Bett. Und er schreibt, tief zu Hause in seinem Körper. So ist es. Er sieht es ihm an, dem Mann, der er selbst ist, seinem Spiegelbild. Er wird enttäuscht werden. Irgendwann wird er merken, dass man zwar viel erreichen kann, aber dass alles doch nicht zählt, dass nur alles immer weitergehen muss, der ganze Jahrmarkt, der seine Muskelprotze, Schlangenfrauen und Clowns für ein paar Saisons anmietet und dann in die Leere entlässt. Es wird ihn hart treffen. Vielleicht ist er gerade an der Schwelle, es zu begreifen, vielleicht erklärt das ja die Erschütterung in seinem Blick. Er kann ihm nicht helfen, er hat sich noch nie helfen können, es interessiert ihn auch nicht mehr, er ist einfach wie er ist, die anderen werden sich dem fügen müssen, wie ein Öltanker schiebt er eine Welle vor sich her, Massenverdrängung, seit dem alten Griechenland bekannt. *Je suis une force qui va.*

Auf dem Weg zum Hotel kaufte sich Ben ein Paar Jeans. Er wollte seiner ersten Geliebten nicht mit zerrissenen Hosen gegenübertreten. Außerdem musste er sich ausruhen, Abstand schaffen zwischen seinem vergreisten Alter Ego und der Frau, durch die er erwachsen geworden war. Sein Kopf schmerzte. Zu viel für einen Tag; genug für ein halbes Leben. Im Hotelzimmer setzte er sich auf den Fenstersims, rollte sich einen kleinen Joint, sah hinaus auf die Gracht, auf die Fassaden gegenüber – der kahle Kopf an seinem Schreibtisch, das ungemachte Bett (eine vage Verheißung), die horizontal ausgestreckten Beine irgendeines jungen Menschen, der mit seinem Tablet spielte oder las. Das alles war ihm seltsam fern und doch sehr nah. Das Leben anderer Menschen schien ihm beneidenswert, wirklicher als sein eigenes, weniger trivial, voller Möglichkeiten, die ihm längst verstellt waren.

Er sollte um seine Mutter trauern, dachte er, der Geist klar geworden vom Rauch, der in kleinen Kringeln durch das Fenster aufstieg, er sollte sie vermissen. Aber er fühlte noch dieselbe Leere, die er kurz nach ihrem Tod gespürt hatte, als er aus ihrem Sterbezimmer gekommen war, wo er in den letzten Momenten ihre Hand gehalten hatte. Damals hatte er die Station verlassen, stand in dem kleinen Lichthof mit der Blumeninsel aus Beton, wo sich tagsüber Patienten zum Rauchen versammelten, hatte sich eine Zigarette angezündet, als sei er dadurch berechtigt, dort zu sein. Er hatte geweint, aus Pflichtbewusstsein. Das gehört sich so. Eigentlich hatte er nichts gefühlt, Erleichterung am ehesten, dass es endlich vorbei war. Dies ist ein trauriger Moment, hatte eine innere Stimme gesagt, aber es klang wie eine Lüge. Wenn es etwas zu betrauern gab, dann war das schon Jahre her.

Er sollte um seine Mutter trauern, seine schöne Mutter, die ihn geliebt, die er geliebt hatte, tatsächlich war ihm sogar egal, wohin ihre Urne verschwunden war. Mit den Überresten der Wachspuppe, die da auf dem Totenbett gelegen hatte, hatte er nichts mehr zu tun. Rein ordnungshalber musste er sie finden. Es ging nicht, dass sie einfach irgendwo rumstand, bestellt und nicht abgeholt, unzustellbar. Ich muss das Haus ausräumen, dachte er plötzlich. Es ist ja noch alles da, das muss gemacht werden. Die Kleider. Die Bücher. Wohin damit? Ein ganzer, toter Haushalt. Kaum etwas von Wert: der Sekretär, das Seestück, vielleicht noch der traurige Clown. Und ein bisschen Schmuck. Viel hatte sie nicht.

Er sah auf die Uhr, die goldene Uhr, die Henk von seinem Vater bekommen hatte. Ein Stück aus dem Glas war herausgebrochen, wohl letzte Nacht, als er gefallen war. Trotzdem lief sie tadellos. Zeit, loszugehen. Das aufgewühlte Bett im Zimmer gegenüber war noch immer leer.

Sie trafen einander auf der Terrasse eines Cafés, am Amstelhof, einem großen, baumgesäumten Platz, auf dem Jungen Fußball spielten. Ben war früh dran und sah ihnen zu. Sie mochten zwischen zehn und vierzehn Jahre alt sein. Er erinnerte sich nur vage daran, wie es sich anfühlte, so zu rennen, sich so zu bewegen. Versunken in ihr Spiel saß er da, bald würde Sascha so alt sein, dachte er; ein Gedanke aus einer weit entfernten Welt.

Plötzlich stand Rachel vor ihm. *Well well, look who's here*, sagte sie und setzte sich. Sie lächelte. Er hatte sie sofort erkannt, ihre Schönheit war geblieben, schlank und gefasst, dieselben klaren Bewegungen, dieselben lebendigen, braunen Augen. Sie hatte sich gefreut, ihn zu sehen, und ließ ihn aus seinem Leben erzählen: Studienjahre, Xenia und Sascha, berufliche Erfolge oder was dafür durchging. Das meiste, was er ihr berichtete, entsprach der Wahrheit, obwohl es sich anfühlte, als würde er lügen oder über jemand anderen sprechen. Ob er die Ausstellung schon gesehen habe, wollte sie wissen. Ein Plakat hing nur wenige Meter von ihnen entfernt. Nein, sagte er wahrheitsgemäß, er sei noch nicht dort gewesen. Das macht nichts, antwortete sie, es ist mir gleich. Hast du dich sehr verändert, körperlich, meine ich?

Geht es dir auch manchmal so, fragte er unvermittelt zurück, dass du dich in einem Leben wiederfindest, das zum Großteil eine Folge deiner Entscheidungen ist, das aber gleichzeitig mit den Konsequenzen, wie du sie dir ausgemalt hattest, nichts zu tun hat?

Wie alt bist du jetzt?

Das tut nichts zur Sache, antwortete er etwas abrupt, und dann: ein Vierteljahrhundert älter als damals. Ich war siebzehn, ein halbes Kind.

Ich dachte nur. Sprich ruhig weiter.

Ich kann das nicht besser erklären als eine Parodie. Jeder Mensch realisiert im Laufe seines Lebens die Parodie seiner Träume. Je größer die Träume, desto monströser die Parodie.

Ich wollte nur wissen ...

Was?

Ich wollte fragen, ob du dich verändert hast, ob dein Körper sich verändert hat.

Ich bin nicht mehr siebzehn. Natürlich habe ich mich verändert.

Komm, lass uns zahlen, sagte sie.

Jetzt gleich?

Ja. Ich habe eine Idee, sagte sie. Ich will dich wieder zeichnen, wie damals.

Wie damals?

Fast wie damals. Ich will dich zeichnen, die Spuren der Jahre. Hältst du das aus?

Ben stellte sich dieselbe Frage. Er dachte an seine ehemals schlanke Gestalt und an seinen Körper heute, ein ständiges Projekt und der Fokus vieler guter Absichten, die bald vergessen waren oder doch verdrängt von einem Alltag, der keine Zeit ließ für so etwas. Viel war passiert seither. Ein Autounfall (Narbe am linken Knie und Oberschenkel), eine Hautkrebs-OP (ein quadratisches Stück von der Größe einer Zigarettenschachtel war herausgeschnitten und mit einer Hauttransplantation aus dem Schenkel ersetzt worden), mehrere Thrombosen, die seine Knöchel anschwellen ließen und auf Unterschenkeln und Füßen Hunderte von kleinen, braunen Flecken hinterlassen hatten, wie Sommersprossen. Eingelagertes Eisenoxyd, hatte der Arzt gesagt, Rost also. Memento mori. Und das war nur äußerlich. Er wog fast zwanzig Kilo mehr als damals, war alles andere als durchtrainiert. Nur Sascha hielt ihn fit, dachte er, verdrängte diesen Gedanken aber gleich. Er wollte abnehmen, seit Jahren schon, erfolglos. Er trank zu viel. Er dachte an den rotgesichtigen Typ im Spiegelbild des Schaufensters.

Okay, warum nicht, sagte Ben und versuchte souverän zu klingen. Er wusste nicht, worauf er sich da einließ, worauf er sich einlassen wollte, was er in Kauf zu nehmen bereit war, wo es ihn hinbringen würde, aber es war ihm völlig klar, dass keine dieser Fragen jetzt gestellt werden durfte. Er hatte endgültig die Kontrolle verloren, und er wollte nichts kontrollieren. Alles ist möglich – die größte Angst, die berauschendste Unsicherheit. Ein längst verschüttet geglaubtes Gefühl.

Komm, sagte sie, wir gehen.

Was ich dafür geben würde, Sascha, zu wissen, wie du diese Zeilen liest! Werde ich noch da sein, um dir Rede und Antwort zu stehen? Wirst du mich zornig mit diesen Geschichten konfrontieren oder nur aus eigener Erfahrung, eigener Ratlosigkeit, eigener Reue den vergangenen Entscheidungen gegenüber mit den Schultern zucken? Dein Großvater Henk: Hättest du seine Augen gesehen, dieses Starren ins Leere. Es waren meine Augen, die ich da sah, mein Gesicht. Gestern, als ich in ihr Wohnzimmer kam, hat Clara mich erschreckt angesehen. Es ist nur, murmelte sie, als ich sie fragte, es ist nur: Ich dachte, er wäre hereingekommen. Seine Schritte klangen genauso, seine Haltung ... Wer ihn so gekannt hat, so wie du jetzt bist, der kann nicht verstehen, was er mit heute gemeinsam hat. Sie nickte in die Richtung von Henk, der teilnahmslos und zusammengesunken in seinem Sessel saß. Ich verstehe es nicht, sagte sie. Es ist einfach zu viel.

Er macht mir Angst, dieser alte Mann. Seine Krankheit macht mir Angst, aber vielleicht noch mehr die Tatsache, dass alles, was ich tue, seine Handschrift zu tragen scheint. Ich habe ihn kaum gekannt, aber er ist in mir, ich bin durch ihn. Ich weiß nicht, was übrig bleibt, ein Benedict-Substrat, das ganz allein mir gehört. Erinnerungen, Narben, Krankheiten, Phantasien. Ich teile zu viele von ihnen mit einem Unbekannten.

Er lebt also, der tote Held. Nein: Er vegetiert. Ein ewiger Fernsehschneesturm, in dem ganz selten und für Sekunden Bilder durchscheinen oder aufblitzen, Seifenopern aus vergangenen Jahrzehnten. Die Ruine deines Großvaters. Meine Seite der Familie war nicht sehr gut darin, dir so etwas wie ein Familiengefühl zu vermitteln. Du hast Marlene noch gekannt, vielleicht wirst du dich an sie erinnern, oder vielleicht sind die Geschichten, die ich dir erzählen werde, inzwischen zu Erinnerungen geronnen, und du bist überzeugt, du wärst dabei gewesen, damals, als sie dies oder das gesagt oder getan hat. Auch ich glaube mich deutlich an Momente zu erinnern, an denen ich gar nicht anwesend gewesen sein kann. Deshalb muss ich dir jetzt schreiben, bevor all das passiert, bevor sich die Schichten der Erinnerung unaufhaltsam gegeneinander verschieben und Tatsachen schaffen. Es ist aber nötig, dich zu warnen. Ich bemühe mich, ehrlich zu sein und alles hier akkurat und ohne Parteinahme aufzuzeichnen, aber ich bin ein unverlässlicher Zeuge. *Caveat emptor.* Du wirst dir deinen eigenen Reim darauf machen. Dies ist nur das Material.

Ich habe gestern eine Freundin getroffen, die ich seit fast dreißig Jahren nicht gesehen hatte. Damals war sie meine

Zeichenlehrerin, heute ist sie eine bekannte Künstlerin. Sie hat gerade eine große Ausstellung im Stedelijk Museum, und das Plakat für diese Ausstellung ist eine Zeichnung, die sie damals von mir gemacht hatte, ein Akt. Ich sehe mich in der Stadt plakatiert, jung und sehnig und dabei zutiefst zu Hause in mir selbst – ein seltsames Gefühl. Ich habe ihr damals oft Modell gestanden, als Lohn für die Zeichenstunden, die ich mir sonst nicht hätte leisten können. Ich habe es gemocht, so intensiv studiert zu werden.

Gestern also habe ich sie wiedergetroffen, und sie hat mir vorgeschlagen, mich wieder zu zeichnen. Sie wollte die Geschichte auf meinem Körper aufzeichnen, sagte sie. Ich habe protestiert und ihr gesagt, mein Körper sei es inzwischen nicht mehr wert, gezeichnet zu werden, aber sie gab nicht nach, war so hartnäckig, dass ich schließlich zugestimmt habe. Wir sind zu ihr gegangen, und ich lag auf einer Art Chaiselongue, nackt, wie damals, aber ein völlig anderer als der junge Mann, der einmal vorhatte, selbst Künstler zu werden, und der alles lernen, alles erleben wollte. Es fällt mir schwer, mir vorzustellen, dass ich einmal dieser junge Mann gewesen bin.

Sie arbeitete konzentriert und ohne viel zu sprechen, gab mir nur kurze Anweisungen, wenn ich mich bewegte und sie mich anders sehen wollte. Sie zeichnete verschiedene Blätter hintereinander, mit schnellen, sicheren Strichen ihrer Holzkohle. Manchmal drückte sie so stark, dass die Kohle in ihrer Hand zerbrach und ein schwarzer Schauer auf den Boden rieselte. Dreh dich etwas mehr, befahl sie, das Bein stärker angezogen, mehr zum Licht. Gut so. Das war unsere ganze Unterhaltung.

Wie soll ich dir diese Blätter beschreiben? Der Körper, der da energisch skizziert war, war der eines jungen Mannes, verunstaltet von der Zeit. Jedes Jahr, jedes Jahrzehnt hat mit kalten Fingern einige Linien eingegraben, hier eine klare Kontur verwischt und durch immer neue Striche breiter gemacht, dort eine Narbe gekratzt, unter die Augen tiefe Schatten gelegt, die Knöchel, die einmal dünn gewesen waren, müde und geschwollen fixiert. Vielleicht ist das Gesicht meine einzige Rettung. Ich habe kein schlechtes Gesicht, glaube ich, wenn es auch langsam beginnt, Spuren von zu vielen durchgearbeiteten Nächten zu zeigen. Es ist mit der Zeit entschiedener geworden, klarer. Der einzige Teil, der sich zu meinem Vorteil entwickelt hat. Zumindest kann ich den Rest verbergen. Nur wenige Menschen bekommen mich noch nackt zu sehen. Deine Mutter hat diese Verwandlung übrigens nie gestört, und sie selbst ist immer eine sehr begehrenswerte Frau geblieben.

Nachdem sie mich gezeichnet hatte, hat Rachel mich zum Essen eingeladen. Sie hat selbst gekocht, und wir haben in ihrem Studio gegessen, Pasta mit Olivenöl und Gouda, den sie statt Parmesan darüber gerieben hatte. Ich erinnere mich an solche Mahlzeiten bei ihr von früher. Es war fast, als wären nur einige Tage vergangen, seit ich sie das letzte Mal gesehen hatte, immer dienstags in jenem Sommer. Die Vertrautheit war noch immer da. Und der Wein war so schlecht wie damals. Natürlich kann ich mir anderen Wein leisten, heute, hat sie gesagt, aber ich brauche ihn nicht. Das hier ist der Geschmack meiner Arbeit. Manchmal malt sie mit diesem Wein.

Ben hielt inne, sah aus dem Fenster, suchte nach einem nächsten Satz, einer erträglichen Wahrheit. Er war weiter gegangen, als er gewollt hatte, aber warum schaffte er es nicht, Sascha zu schreiben, was damals wirklich passiert war? Jedem anderen hätte er geschrieben: Sie war meine Geliebte, die erste Frau, die ich jemals hatte, und sie ist an diesem Abend wieder meine Liebhaberin geworden. Oder noch direkter: Ich habe deine Mutter mit einer alten Flamme betrogen. Dann aber sah er plötzlich seinen vierjährigen Sohn vor sich, der ihn mit großen, meergrünen Augen ansah und dem er das erklären sollte, seinen kleinen Körper in der Badewanne. Ich bin ein unverlässlicher Zeuge.

Er dachte daran, wie er gestern ins Hotel zurückgekommen war, mit demselben Gefühl wie damals, nach ihrem ersten Mal, als er durch die Straßen gegangen war, überzeugt, dass jeder es ihm ansehen müsse, was er gerade erlebt hatte, dass es ihm eingebrannt war auf der Stirn.

Es ist noch nicht zu spät, dachte er. Er dachte an Paris. Wäre es nicht ein großer Fehler, diese Möglichkeit auszuschlagen, um der Gewohnheit, der Konvention willen? Er dachte an Paris, an das Leben dort, an das Geld. Er könnte sich eine zweite Wohnung leisten, ein ganzes zweites Leben. Neue berufliche Möglichkeiten; neue erotische Möglichkeiten. Ein Anruf würde genügen, um seinem Leben eine andere Richtung zu geben. Xenia würde es kaum bemerken, so beschäftigt wie sie war, und Sascha? Sascha würde ihn verstehen, irgendwann, vielleicht, wenn er diesen Brief lesen würde, wenn er selbst ein Mann sein würde, eine Geisel seiner eigenen Heimlichkeiten.

Er dachte an Paris.

Marlene hatte ihn gewarnt vor der Liebe, davor, dass Leidenschaft eben Leiden schafft, hatte ihm vorausgesagt, dass sie ihn nicht davor schützen könnte, dass es irgendwann auch ihn erfassen würde, und er hatte zugehört, mit jedem Mal verwirrter. Auch sich selbst hatte sie nicht schützen können, nicht vor Karl, dem neuen Vorsitzenden des Kunstvereins, einem imposanten Mannsbild mit breiten Schultern, der einen säuerlichen Geruch nach Achselschweiß und Aftershave verbreitete. Ben mochte ihn nicht. Karl lachte viel, war interessiert und immer elegant gekleidet, ein Mann von Welt, keine Männermotte. Er lebte getrennt von seiner Frau, probeweise, wie er sagte. Er hatte zwei Töchter in Bens Alter.

Der Kunstverein brachte sie zusammen und lieferte ihnen immer wieder Vorwände, Zeit miteinander zu verbringen. Marlene baute Ausstellungen auf (nächtelang, Karl an ihrer Seite), unternahm Exkursionen zu Künstlern in der Gegend (als Beifahrerin), kam eines Nachts um zwei nach Hause und fand Ben im Pyjama auf dem Sofa. Wo warst du?, fragte er wütend und plötzlich hellwach. Ich hab doch versucht anzurufen, sagte sie, wir waren auf dem Rückweg, und wir hatten eine Panne, und da hat Karl mich eingeladen, mit ihm eine Pizza zu essen, denn wir waren beide schrecklich hungrig, und dann ist es etwas später geworden, und ich habe ein Taxi genommen ... Sie redete, seltsam aufgeregt und selig, wie ein junges Mädchen. Ben hatte seine Mutter noch nie so erlebt.

Marlene war berauscht von längst verdorrt geglaubten Gefühlen, die durch ihren Körper jagten. Wenn sie sich mit ihm traf – immer diskret, sie lebte in einer Kleinstadt und verkehrte im inzestuösen Kreis der Kunstfreunde –, dann konnte sie endlich sie selbst sein, Jahre der Verstellung fielen von ihr ab, Jahre der Anstrengung und des geheuchelten Interesses, der ertragenen Berührungen und Einsamkeiten. Er fasste sie so an, wie noch kein anderer Mann es getan hatte. Ihr Körper erinnerte sich daran, wie es sich angefühlt hatte, achtzehn zu sein und voller überwältigender Sehnsüchte, die noch unbeschädigt von Enttäuschungen in alle Richtungen zogen. Ihr Leben pulsierte plötzlich vor Möglichkeiten, Farben leuchteten intensiver, längst aufgegebene Wünsche brachen aus ihren Verpuppungen und flogen taumelnd der Sonne entgegen.

Erst jetzt, in ihren Rotweinmomenten spät in der Nacht, wagte Marlene es sich einzugestehen, wie sehr sie sich gestrandet fühlte, gestrandet in einem Leben, das sie so nie gewollt hatte, einer Reihe von Zufällen und Zwängen, Unglücksfällen und Kompromissen, die sie hier angespült hatten, weit weg von ihrer Familie (in Hamburg, Menschen, die sie fast nur aus Erzählungen kannte), ihren Kindheitsfreunden (für die sie doch immer die Deutsche geblieben war), den Gefährten der Studienjahre, die inzwischen alle Karriere gemacht hatten in dem System, das sie damals hatten in die Luft jagen wollen. All dies war ihr irgendwie passiert oder war mit ihr passiert, und es hatte sich immer vorläufig angefühlt, als eine Reihe von Behelfen, bevor das eigentliche Leben endlich anfangen konnte, auch wenn sie es nie hatte formulieren können, wie das eigentliche Leben denn aussehen sollte. Sie hatte lediglich gewusst: Das eigentliche Leben ist geordnet.

Vielleicht wäre sie dem eigentlichen Leben schon früher näher gekommen, wenn sie nicht so rebellisch gewesen wäre, dachte sie, zweifelnd, wenn sie nicht damals ihre Mutter im Streit verlassen hätte und zu Henk gezogen wäre, zu den Hausbesetzern. Vielleicht hätte sie nach Amsterdam zurückkehren sollen, damals, nachdem Henk verschwunden war. Ihre Mutter hatte ihr angeboten, mit Ben in die Vermeerstraat zu kommen, ihn auf eine holländische Schule zu schicken und aus ihm (endlich, in der dritten Generation!) einen ordentlichen Holländer werden zu lassen. Sie hatte es sogar versucht. Zwei Monate hatten sie in der Vermeerstraat gelebt, und Ben besuchte den Kindergarten, und Marlene versuchte sich mit ihrer Mutter zu arrangieren, aber es war nicht möglich, sie hatte es nicht geschafft, sich nicht verraten zu fühlen von ihr, die alte Eifersucht war wieder da, bei beiden. Elly meinte es ernst. Sie wollte ihrer Tochter helfen, aber vielleicht wollte sie noch mehr, dass jemand ihre Einsamkeit durchbrach, dass jemand im Haus war, jemand anderer als ihr ewiger Gefährte Tio Pepe, dass ihr jemand sagte, sie hätte ein gutes Leben, sie hätte das Richtige getan, damals, als Veenstra ungelenk um ihre Hand anhielt.

Ellys provokante Äußerungen häuften sich, fast immer hatte sie ein Glas in der Hand. Du siehst schrecklich aus, Kind, sagte sie, du hast Ringe unter den Augen, du solltest dich ausschlafen, diese Müdigkeit ist schlecht für deine Haut. Willst du etwa so einen neuen Mann finden? Wie ein Gespenst läufst du durch die Gegend. Sie hatte damit nicht unrecht, und es bereitete ihr Genugtuung, dass ihre Tochter nicht auf sich achtete, dass sie weite Pullover trug und alte Jeans und kaum Make-up benutzte, gleichzeitig aber hatte sie eine natürliche Schönheit, die Elly wie ein Schlag in den Magen traf. Morgens, vor dem Spiegel, weinte sie heimlich, ehe sie sich sorgfältig schminkte, schweren Lidschatten auflegte und dunkelrote Lippen zog und endlich ihre blonde Perücke durchbürstete, bis sie glänzend und glatt war und sie dann aufsetzte über die eigenen, schütter gewordenen Haare.

Von Woche zu Woche trank Elly mehr, jeden Tag wurde sie unerträglicher. Wie ein Kartoffelsack, der Pulli, kein Wunder, dass dich niemand will. Aber bitte, du hast ja schon immer deinen eigenen Kopf gehabt. Das Prinzesschen. Immer Extrawürste! Nein! Dies geht nicht. Und nein! Das geht nicht. Schon mit acht hast du geglaubt, dass du was Besseres bist. Und später! Ach, Mevrouw Veenstra, ist Ihre Tochter krank? Das war doch Ihre Tochter, oder? Wie dünn sie geworden ist! Ist sie denn glücklich mit ihrem Mann? Das tu mir bitte nicht an. Ich bin zu alt für sowas. Solang du drinnen bist, bitte, aber wenn du unter Leute gehst ...

Marlene ertrug das nicht lange. Warum war sie nicht in Holland geblieben, nach Amsterdam gezogen mit Ben, um ihr Studium wiederaufzunehmen? Weil auch Amsterdam vergiftet war, der Ort ihrer niedergetrampelten Hoffnungen. Hamburg kam nicht in Frage, die verlassene Frau zu sein kam nicht in Frage, die Demütigung. Sie selbst hatte sich gesagt: Nur wenn ich wegziehe, kann ich Ben den Vater geben, den er verdient, nur wenn ich neu anfange, wird er nicht im Schatten dieser Vergangenheiten verkümmern. Sie hatte die erste Möglichkeit ergriffen, um wegzukommen.

War es damals schon zu spät, endlich das Leben zu beginnen, auf das sie gewartet hatte? Nachdem sie die Vermeerstraat verlassen hatte, suchte sie die Möglichkeit, hier doch noch glücklich zu werden, noch einmal. Henk hatte Brücken gebaut. Obwohl sie ihn öffentlich für tot erklären ließ, obwohl sie ihn völlig ignorierte, hatte er immer wieder gesagt, er sei Bens Vater, er würde sich um sie kümmern, gemeinsam würden sie eine Lösung finden; sie sollten bei Clara und ihm einziehen, da gäbe es Platz genug, und sie könnten auch so eine Familie sein, befreit, postbürgerlich sozusagen.

Marlene fühlte, wie sich ihr Inneres zu einem Ball zusammenzog, wann immer Henk den Namen Clara aussprach. Sie würde es nicht ertragen, dieser Freundin, die sie so hintergangen hatte, nahe zu sein. Dann aber, als ihre Mutter betrunken im Wohnzimmer saß und sie beschimpfte, wusste sie sich nicht mehr zu helfen und rief Henk an. Eine Stunde später war er da, und sie hatte einfach alles zusammengepackt, Ben umklammerte ihn wie ein Schimpansenbaby, und sie ließen Elly schreiend und tobend im Wohnzimmer zurück. Marlene zitterte am ganzen Körper, und er beruhigte sie. Du wirst sehen, sagte er, es wird funktionieren. Du bist die Mutter meines Kindes, die Frau meines Lebens, da kommt niemand dazwischen. Man kann zwei Frauen lieben. Wir werden die Spießer nicht gewinnen lassen. Und außerdem, Clara ... Sie ist ein liebes Mädchen, aber da ist keine Leidenschaft. Sie liebt mich vielleicht, aber es ist doch etwas ganz anderes. Sie hat nicht deinen Stil. Sie hängt an mir. Ich kann sie jetzt nicht alleinlassen, aber ich kenne mein Herz, und ich kenne meine Pflichten.

Was für eine Gans sie gewesen war, damals.

Plötzlich flackerte ihre Hoffnung auf, und sie wollte daran glauben, unbedingt. Ihre Anspannung ließ nach, sie glaubte zu verstehen, dass Clara ein schlichtes Wesen war, keine echte Rivalin. Sie würden Freundinnen sein, sich das Glück teilen, und sie, Marlene, würde den größeren Teil davon abbekommen. Was für eine Gans sie gewesen war.

Zurück in Deutschland, war ihre Suche nach einem eigenen Leben zu Ende. Sie hangelte sich nur noch entlang an den Tatsachen, die ihr die Umstände vor die Füße warfen. So hatte sie sich damals gefühlt, als sie mit Hugo de Zwart Rache an ihrer Mutter genommen hatte. Jetzt legte dieses Gefühl sich über alles.

Die ersten Jahre in der Stadt waren mager. Sie beschloss, pragmatisch zu werden. Irgendwie hatte sie Hans, ihren

Anwaltsfreund mit seiner Willenskraft und seinen Manieren und den Testosteron-Injektionen, auch bewundert. Er hatte etwas Korrektes an sich, sein Begehren war streng umzirkelt, seine Berührungen waren respektvoll, seine Höhepunkte rasch. Er kannte seine Verpflichtungen und erfüllte sie. Sie begann die Alternative zu ihrem erhofften Leben umsichtig zu bauen. Die Buchhandlung eröffnete ihr neue Möglichkeiten. Als schließlich Karl in ihr Leben trat, dachte die zweiundvierzigjährige Marlene zum ersten Mal seit der Jugendliebe, die sie fast umgebracht hätte, dass ihr Glück endlich doch in Reichweite war.

Ben erinnerte sich an eine Zeit der großen Veränderung, wie er sie damals nannte. Er erinnerte sich an Marlenes Ausgelassenheit, an schwingende Kleider, ein neues Parfüm, an ein Gefühl, dass sich überall und sofort etwas Wunderbares ereignen könnte. Dabei weigerte sich ein Teil von ihm zu verstehen, was mit seiner Mutter vor sich ging. Sie war glücklich. Karl brachte sie nach Hause, er küsste sie zum Abschied auf die Wange, er war besonders nett. Manchmal brachte er ihm ein Geschenk mit, ein Buch oder eine CD. Manchmal blieb er über Nacht.

Schlaft ihr im selben Bett?, fragte Ben einmal am nächsten Morgen, nachdem Karl gegangen war.

Natürlich, antwortete seine Mutter, ohne ihn anzusehen.

Und? Tut ihr es?

So etwas fragt man nicht!, sagte Marlene scharf, das geht dich gar nichts an. Und nein, natürlich nicht. Wo denkst du hin?

Ben ließ es dabei bewenden und glaubte ihr sogar. Ein Teil von ihm zweifelte wohl daran, aber ein größerer Teil wollte gar nicht mehr wissen.

Echte Freundschaft hat nichts mit Sex zu tun, fügte Marlene hinzu, und irgendetwas in ihm beschloss, dass es besser sei, nicht nachzufragen. Naivität und Selbstschutz können einander so ähnlich sehen wie eineiige Zwillinge.

Dies waren wunderbare Monate. Eigentlich waren sie wie zwei Teenager, die da zusammenlebten und die sich neu entdecken lernten. Vielleicht war Ben sogar der Reifere der beiden.

Marlene hatte nie gelernt, unbefangen zu sein. Als sie vierzehn gewesen war und auch danach, eigentlich bis sie das Haus verlassen hatte, hatte die Eifersucht ihrer Mutter jeden Moment zu Hause überschattet, während sie draußen, in der Schule, nie sicher sein konnte, denn sie spürte bei aller Freiheit, aller Freundlichkeit den unausrottbaren Makel, ein Feindeskind zu sein. *Rot mof, rot mof*, schallte es ihr noch immer in den Ohren, klebte in ihrem Haar. Jetzt, mit Karl, konnte sie das alles neu erfahren, und sie tat, was die meisten Teenager tun (ihr eigener Sohn bildete eine Ausnahme): Sie krempelte ihr Leben um. Alte Bücher wanderten ins Antiquariat, Bilder wurden ab- und umgehängt, sie experimentierte mit neuen Frisuren, hörte laut Radio und tanzte beim Abwaschen allein in der Küche. Ben beobachtete ihre Silhouette durch das Milchglas der Küchentür. Bis dahin hatte er gar nicht gewusst, dass sie sich so bewegen konnte.

Marlene respektierte das Alleinsein ihres Sohnes und erkaufte sich damit zwar nicht sein Schweigen, wohl aber sein großzügiges Wegsehen, sein Nichtverstehen dessen, was ihm ins Gesicht starrte. Sie waren ein eingeschworenes Paar. Voller Geheimnisse, die sie nicht miteinander teilten, deren Existenz sie aber trotzdem enger zusammenschweißte. Nie verstanden sie sich so gut wie in diesen schwindligen Monaten.

Natürlich kapierte er irgendwann, dass seine Mutter verliebt war. Sie sprach von großen Veränderungen, immer öfter blieb sie die Nacht über einfach weg. Er fragte sie nicht, wo sie gewesen war, er wusste es ja. Sie sagte nur: Es kann etwas später werden heute Abend, und er antwortete: Du kannst ruhig wegbleiben, wenn du willst. Aber keinem sagen!, bat sie. Ihre Augen lächelten ihn an, und sie küsste ihn auf die Stirn.

Ben ging ins Badezimmer und sah in den Spiegel. Er war blass, grau, das Pflaster auf seiner Stirn wirkte wie ein falscher Pinselstrich. Er trug nur den Hotel-Bademantel. Nach seinem Besuch bei Rachel hatte er geduscht, sich die Zeichenkohle abgewaschen, schwarzes Wasser verschwand gurgelnd im Abfluss. Er fühlte sich nicht schuldig, im Gegenteil, Zufriedenheit erfüllte ihn. Gleichzeitig war sein Abenteuer schon in weiter Ferne. Das war er nicht, der Mann, der Rachel die Kleider vom Leib gerissen hatte, der verschmierte Satyr. Es war wie ein Moment aus einem Film, den er gesehen hatte und der in seinem Körper weiterglühte.

FÜNFTER TAG

DIES IST DAS letzte Mal, dass ich dir von hier schreibe, denn es ist vorbei. Ich komme gerade zurück vom Friedhof. Ich habe sie begraben; gefunden und begraben. Schon früh heute Morgen hat die Post angerufen. Sie hatten die Urne in einem Lagerhaus bei Hilversum gefunden. Sie stand dort in einem Metallregal unter anderen Paketen, unzustellbar und verloren für die Welt. Das Beerdigungsinstitut hatte die falsche Hausnummer notiert, und so war das Paket an eine Familie zugestellt worden, die es geöffnet und sofort reklamiert hat. Ich versuche mir das Gesicht des Mannes oder der Frau vorzustellen, die eine Urne ausgepackt haben. Niemand konnte mir sagen, warum das Paket nicht zurückgeschickt worden war oder warum es so lange nicht gefunden wurde, aber das ist nicht mehr wichtig. Ich habe gleich beim Friedhof angerufen. Sie gaben mir einen Termin heute Morgen um zehn, und ich habe ihn genommen, denn ich will zurück zu dir und zu Xenia, auch wenn es kein Zurück mehr gibt.

Die Beisetzung selbst war fürchterlich banal. Die Urne kam mit Sonderzustellung direkt an die Verwaltung, wir erledigten die Formalitäten, ich zahlte für fünfzehn Jahre im Voraus, per Kreditkarte. Der Mann im Friedhofsamt fragte, wann denn die Trauergesellschaft eintreffen würde, und ich sagte ihm, ich allein sei die Trauergesellschaft, obwohl auch das gelogen war, denn ich war ohne Gesellschaft und fühlte keine Trauer. Dann fuhren wir sehr langsam mit dem Auto des Friedhofsgärtners zu der Gräberreihe, wo neben Ellys Grab bereits ein kleines Loch ausgehoben war, die Erde roch noch frisch, eine Grube wie für das Fundament einer Straßenlaterne. Ich habe die Urne erst dort aus dem Versandkarton genommen und vorsichtig hineingestellt. Der Totengräber fragte mich, ob ich noch etwas sagen wolle am Grab, ein Gebet vielleicht, oder ob ich einen Moment der stillen Andacht wünsche, allein, aber ich habe ihm gesagt, das sei nicht nötig. Dann habe ich einen Klumpen Erde in das Grab geworfen, und er hat es zugeschaufelt, einfach so. Die Erde fiel auf das Metall des Behälters. Dann kehrten wir zum Friedhofstor zurück. Das Ganze dauerte eine Viertelstunde, nicht lang genug, um sich real anzufühlen.

Vielleicht hätte ich sie nicht begraben sollen. Vielleicht hätte ich ihre Asche verstreuen sollen, im Kanal hinter Ellys Haus, auf dem Entenflott, oder im Meer, das Marlene geliebt hat, an einem stürmischen Tag, in großen Aschewolken. Als ich klein war, hat sie mich auch bei Sturm ans Meer mitgenommen, und wir haben uns mit aller Kraft gegen Wind, Sand, Wasser und Salz gelehnt und konnten kaum atmen, weil es so stürmte. Wir hielten uns aneinander fest, vor uns die tosenden Brecher, die wütend das Land verschlingen wollten. Das Meer ist stärker als wir, sagte sie mir immer wieder, leg dich nie mit dem Meer an, und geh nie tief hinein. Es zieht dich auf die offene See, es ist stärker als du.

Vielleicht wäre das eine angemessene letzte Unruhestätte gewesen, aber so ist sie wieder mit ihrer Mutter zusammen, Asche und Aluminium in der fetten holländischen Erde, Tulpen aus Amsterdam. Da liegen sie, Mutter und Tochter, und Marlene ist endlich angekommen.

Zu Lebzeiten hatte sie es nicht geschafft, sie hatte aufgegeben nach der Geschichte mit Karl, dem Vorsitzenden des Kunstvereins, dem interessanten Mann, dem sie gegen besseres Wissen ihr Herz geschenkt hatte. Du bist ein erwachsener Mann, du kannst dir ausmalen, was passierte. Er war verheiratet. Er versprach immer wieder, seine Frau zu verlassen, nur nicht jetzt, nicht vor dem Geburtstag der Zwillinge, nicht nachdem die Großmutter gestorben war und die Kinder ihn brauchten, nicht vor Weihnachten, im neuen Jahr, vielleicht, bestimmt aber im Sommer. Zeitweilig lebte er getrennt von ihr, in einer kleinen Wohnung, aber die Wäsche wusch er immer noch bei ihr, einmal pro Woche, was er Marlene übrigens verschwieg. Ihr erzählte er lieber von der Zukunft, von gemeinsamen Reisen, Wohnungen, Frühstücken und langen Spaziergängen bei Sonnenuntergang. Sie hat ihm geglaubt, es blieb ihr nichts anderes übrig. Sie hatte ihre Hoffnung noch einmal zusammengerafft, noch einmal ihr Herz in die Hand genommen, und jedes fadenscheinige Versprechen war besser, als diese Hoffnung endgültig sterben zu sehen. Sie kämpfte um ihr Leben, jahrelang, abgespeist mit Wochenenden und diskreten Rendezvous am Abend. Der Preis war die Weigerung, den Tatsachen ins Auge zu sehen, um schlimmeres Unglück zu verhindern.

Einmal hatte es so ausgesehen, als könnten die Dinge sich noch fügen. Karl hatte Marlene und mich eingeladen zu einer Reise nach Frankreich. Er hatte endlich reinen Tisch gemacht mit seiner Frau, hatte er gesagt, er wollte mit einem Anwalt sprechen, er sah sich nach einer kleinen Wohnung um. Jetzt, da ich nicht mehr lügen muss, will ich mit euch Frankreich erkunden, hatte er gesagt. Eine Reise *en familie*, sozusagen.

(Nicht einmal Blumen habe ich ihr aufs Grab gestellt, ein Haufen Erde auf Kunstrasen, sonst nichts. Am Friedhofstor hätte es Blumen gegeben und Kränze, aber es ist mir nicht einmal in den Kopf gekommen. Erst auf dem Rückweg fiel es mir ein. Ich hätte Tulpen aufs Grab stellen sollen. Zu Hause hat sie immer Tulpen gekauft, stumme Botschafter aus der Heimat. Sie standen immer in der blauen Vase, bevor ich sie zerbrochen habe, aber seither ist Wasser durchgesickert, trotz meiner Reparatur.)

Hätte damals wirklich alles anders werden können? Es kam, wie es kommen musste. Karl versöhnte sich mit seiner Frau. Ihr sagte er, das hatte ich zufällig gehört, er sei auf Rechercheреise, für eine Ausstellung. Sie glaubte ihm, wie Marlene konnte auch sie es sich nicht leisten, ihm nicht zu glauben.

Karl sagte Marlene nichts von diesen Gesprächen, die er in Telefonzellen und von Bars aus führte. Immer präsentierte er eine plausible Geschichte, mit wem er gerade gesprochen hatte. Marlene schöpfte keinen Verdacht, wollte keinen Verdacht schöpfen. Sie war entschlossen, ihrem Glück diese letzte Chance zu geben. Wenn er verschwand, fragte sie nicht, wohin, wenn seine Geschichten zu schlecht waren, um glaubwürdig zu sein, fragte sie nicht nach. Sie sah zu ihm auf und von sich selbst ab, und sie war glücklich, sie schien zum ersten Mal seit Jahren glücklich zu sein.

Dann kam der Morgen, an dem plötzlich alles anders war, nachdem sie noch lange gesessen und geredet hatten, auf der Terrasse vor dem kleinen Ferienhaus, der Morgen, an dem sie ganz still geworden war und mir nicht in die Augen blickte, an dem sie kaum ein Wort über die Lippen brachte und wie eine Fremde aussah. Keine Erklärung folgte dieser plötzlichen Veränderung, nur Schweigen.

Wir fuhren vier Tage früher als geplant zurück, fast wortlos, Marlenes Lippen waren dünn und blass, sie presste sie aufeinander. Karl versuchte die Stille zu überspielen, redete dauernd, Großmannsgerede, Geschichten, Monologe über Kunst und Politik, Lehren fürs Leben, ich neben ihm. Marlene saß auf dem Rücksitz, darauf hatte sie bestanden, so konnte niemand sie sehen, niemand sehen, dass sie versuchte, ihr Zittern zu unterdrücken.

Nach diesem abgebrochenen Urlaub sah ich Karl nicht wieder, nicht zu Hause, nur auf Veranstaltungen des Kunstvereins, die Marlene jetzt seltener besuchte, auch wenn sie gerade Vorsitzende geworden war. Nach wenigen Monaten trat sie zurück, aus gesundheitlichen Gründen, ihre Migränen wurden wieder häufiger. Eine Zeitlang ertrug sie es nicht, sich mit ihm in einem Raum aufzuhalten. Er aber war immer da, jovial und charmant, ein Mann von Welt, ein interessanter Mann. Dann stählte sie sich. Diesen Triumph würde sie ihm nicht gönnen. Sie zwang sich anfangs, zu den Veranstaltungen zu gehen, sie schleppte sich hin. Erst unmittelbar vor der Tür ordnete sie ihr Gesicht zur gewohnten Verbindlichkeit und betrat den Raum wie eine Königin.

Von diesem Zeitpunkt an war etwas mit ihr geschehen, ganz langsam nur, wie ein schleichendes Gift, als steckte die Kälte des französischen Sommerabends ihr tief in den Knochen, denn sie fror in diesem Winter wie noch nie. Der Thermostat in der Buchhandlung wurde höher gestellt, obwohl sie zusätzlich zu Bluse oder Pullover immer eine Jacke trug. Zu Hause heizte sie in der Küche und saß bis spät in die Nacht allein am Tisch. Dort rauchte sie, was sie schon lange nicht getan hatte. Oft fand ich sie, wenn ich nach Hause kam, das Radio eingeschaltet, ein Glas Rotwein in der Hand und vor ihr die leere Flasche. Das ging nur kurz so, sie bekam sich wieder in den Griff, bekam die einsamen Gläser Wein in den Griff, der Gedanke an ihre Mutter genügte, um sie zur Besinnung zu bringen, aber der Wein wärmte sie zumindest zeitweise, und sie wusste nicht, was sie gegen ihr Frösteln unternehmen sollte. Ihre Hände und Füße waren kalt wie toter Fisch. Der Hausarzt, ein Homöopath, verschrieb Kügelchen, um sie gegen das innere Eis zu impfen, die häufigen Konsultationen verschafften ihr Erleichterung.

Als der Frühling die Schneehaufen an den Straßenrändern wegschmolz und der Duft des Neuanfangs aus den Blumenbeeten stieg und die ersten Schneeglöckchen zu sehen waren, verschwand die Kälte auch aus ihren Gliedern. Der Arzt habe sie gerettet, sagte sie. Die Kälte wich, aber eine Taubheit blieb zurück, eine schleichende Erstarrung.

Damals fingen wir an, uns zu streiten. Damals begann ihre Missbilligung sich wie ein kalter Schatten auf mich zu legen. Sie missbilligte es, wenn ich allein war, und sie missbilligte es, wenn ich sie zurückließ, um zu Freunden zu gehen.

Ist schon gut, sagte sie, so ist man, wenn man jung ist, man lässt seine Eltern allein, das ist ganz normal, und mich würde es als Allerletzte stören, ich bin selbst in einem Haus aufgewachsen, wo ich auf Schritt und Tritt beobachtet und ausspioniert wurde, von mir wirst du keinen Widerspruch hören, geh ruhig, ich weiß ja, wie das ist, und eines ist sicher: Ich werde dich nicht dem aussetzen, was ich zu Hause habe erleiden müssen, mit einer Mutter, der ich meine Freunde aus dem Bett geholt habe, meine Freunde! Ich weiß, wie das ist, jung zu sein. Man denkt nur an sich, nur an das eigene Glück. Man weiß, dass für einen selbst alles anders sein wird, dass alle Erwachsenen gescheiterte Existenzen sind, Persiflagen ihrer selbst, hoffnungslos verstrickt, und man weiß, dass man es besser machen wird.

Mit der Rückkehr aus Frankreich begann Marlenes letzter, langsamer Rückzug. Sie war eine Frau in den besten Jahren, aber sie glaubte der Welt nicht mehr. Sie zog den Kopf ein wie eine Schildkröte und lebte immer mehr in dem Panzer geliebter Erinnerungen. Ihr Leben, schloss sie, war ein sinnloses Opfer gewesen: für ihre Mutter, für Henk, für mich, für alle. Immer war sie es gewesen, die ihr Glück für das anderer geopfert hatte. Niemand hatte es ihr gedankt. Sie verließ das Haus nur, wenn es die Buchhandlung oder soziale Verpflichtungen forderten, unter Leute ging sie noch, mitten in der inneren Emigration. Sie lächelte und unterhielt sich blendend mit Kunden oder im Kunstverein, oft nur wenige Meter von dem Mann entfernt, um dessentwillen sie ihr letztes, gescheitertes Wagnis eingegangen war. Sie spielte eine charmante Person, die ihren Namen trug; ihr Schauspielunterricht von einst kam ihr dabei zugute. Sie spielte mit großer Verbindlichkeit eine Frau, die nicht von dem Gedanken zerrissen wurde, dass sie sich immer nur aufgeopfert hatte.

Ich, ihr letzter Mitverschwörer, würdigte ihr Opfer nicht. Das fühlte sie, das dachte sie, und ich konnte sie denken hören, damals. Sie war eine Fremde hier, immer gewesen, abgeschnitten von dem Leben, das sie eigentlich hätte führen sollen und das ganz woanders stattgefunden hätte, unter anderen, glücklicheren Umständen. Ihr hatte die Welt nichts mehr zu bieten als weitere Möglichkeiten, sich selbstmörderisch zu exponieren. Der Rest, das allgemeine Kommen und Gehen, bedeutete gar nichts, war nur eine Möglichkeit, sich die Zeit zu vertreiben, die Gedanken und das Alleinsein stundenweise mit Verachtung zu strafen. Sie zog sich ihre Verbindlichkeit an und aus, wie einen Mantel.

Vielleicht war sie zu stolz, um ihre Kontakte völlig aufzugeben, sie hatte sich schließlich etwas aufgebaut, sie war jemand in dieser Stadt, hatte ihren Platz, aber sie hatte aufgehört, sich dafür zu interessieren. Der Begleiter dieser Jahre war Dostojewski, waren Schuld und Sühne. Wenn sie zu Hause war, las sie, immer dieselben Bücher, die jetzt ein ganzes Regal füllten, russische Romane und Geschichten, von Puschkin bis Tschechow, bevor die Sowjets kamen, die alles kaputtgemacht hatten, bevor sie Revolution, Mord und Totschlag gebracht hatten, wie alle Revolutionen es tun, auch die, an die sie selbst einmal geglaubt hatte, wie der Krieg, in dem sie Henk und ihre Liebe verloren hatte.

Jeden Abend sahen wir Nachrichten, sie fast ohne zuzuhören oder etwas in sich aufzunehmen, vorbeiflimmernde Köpfe und Orte, Zerstörung und Gerede. Nur bei Berichten über königliche Hochzeiten und neugeborene Thronfolger horchte sie kurz auf, reckte den Kopf ein Stück weit aus dem Panzer der Erinnerung. Sie aß währenddessen von einem Tablett. Fünfzehn Minuten genau, danach Haushalt oder Buchhaltung oder Dostojewski vor dem Schlafengehen, der Kampf gegen die Sinnlosigkeit, gegen das Ausbrechen des Bösen.

Marlene war seit Ellys Tod nicht mehr in Holland gewesen, dem Land der Zurückweisung, dem unerreichbaren Gelobten Land. Sie hatte das Haus in der Vermeerstraat abgewickelt und festgestellt, dass von Veenstras sagenhaftem Vermögen kaum noch etwas übrig war, länger hätte Elly es sich gar nicht leisten können, dort zu leben. Viel Geld war verschwunden, viel mehr, als eine Witwe in Jahrzehnten hätte trinken können. Marlene verdächtigte den Vermögensverwalter, den Nachfolger eines Mannes, den Veenstra noch selbst eingesetzt hatte. Aber sie hatte weder Geld noch Energie für Anwälte und Streitereien und Prozesse, sie wollte nicht vor einem holländischen Richter erscheinen müssen, egal in welcher Rolle, sie konnte diesen Gedanken nicht ertragen, und so kaufte sie sich von dem wenigen, was übrig geblieben war, ein Gemälde, das sie zufällig in einem Schaufenster gesehen hatte, eine extravagante und impulsive Geste, die sie sich gar nicht leisten konnte. Es war ein holländisches Seestück – ein Sturm mit haushoch aufgetürmten, graugrünen Wogen mit sprühender Gischt und einem Schiff in Seenot, die Segel zerfetzt, eine wilde Ode an die Schrecken der Natur. Das Gemälde erhielt einen Ehrenplatz im Wohnzimmer, direkt über der Kommode mit der blauen Vase. Die ganze Erbschaft hing an dieser Wand.

Vor ein, zwei Jahren, als ich sie einmal besucht habe, kam ich zufällig früher als geplant zurück. Ich schloss die Tür auf, und da stand sie, mitten im Wohnzimmer, und starrte auf dieses Bild. Man meint, man könnte die Wellen und die Brandung hören, sagte sie, als ich ins Zimmer kam. Ich sehe dieses Bild, und ich glaube, ich könnte mich in den Wind lehnen und meinen Jungen dabei fest an mich drücken, wie Mutti mich an sich gedrückt hatte, als ich noch ein Kind war. Fester, harter Sand unter den Füßen, Regen im Gesicht.

Ich erinnerte mich an unsere Spaziergänge im Sturm. Sie war nie glücklicher gewesen als am Strand, bei Sturm am Meer, in Sicherheit.

In wenigen Stunden werde ich wieder in Wien sein, wieder bei euch, werde deine Arme um meinen Hals fühlen. Jetzt, da du erwachsen bist, kann ich zugeben: Ich fahre mit wild durcheinanderwirbelnden Gefühlen. Ich weiß weniger denn je, was die Zukunft bringen wird. Eine Agentur aus Paris hat mich kontaktiert. Sie wollen, dass ich dort arbeite. Ich kenne die Leute, die Arbeit, die kreativen Möglichkeiten, die Budgets. Und Paris!

Clara habe ich noch einmal angerufen, auf dem Weg zum Flughafen schon. Ich hatte kein Bedürfnis, sie nochmal zu sehen, noch einmal in diesem Haus zu sein. Es greift nach mir, es überwältigt mich. Ich habe das Gefühl: Ich könnte in dieses Leben hineinschlüpfen wie in einen alten Schuh, ich würde mühelos hineingleiten, und doch ist es mir zutiefst fremd und zutiefst verachtenswert. Gleichzeitig ist sein Schreibtisch wie ein Teil von mir, ich könnte mich hinsetzen und die Arbeit nahtlos aufnehmen, an der letzten Zeile einfach weiterschreiben, ein endloses, sinnloses Manuskript. Ich würde weiterhin Direktor des Instituts sein. Niemand würde den Unterschied bemerken, wir kleiden uns ohnehin fast identisch, das Jackett, das über seiner Stuhllehne hing, ist meinem zum Verwechseln ähnlich, und irgendwann würden die Leute anfangen, mich Henk zu nennen, und ich würde sie nicht verbessern und würde selbst anfangen, daran zu glauben. Ich würde zu Clara ziehen und mich an jungen Frauen schadlos halten, denen ich Assistentenjobs verschaffe; sie machen Kaffee und schlafen mit mir, die ideale Ehe, die nie erkaltet, und dazu die Sicherheit einer Wohnung mit Ausblick, und meine eigene Persönlichkeit würde aufgesaugt, verschwunden im Rachen der Vererbung.

Du hast mir etwas beigebracht. Wenn ich mit dir spiele, bin ich erschrocken davon, wie du mich imitierst, wie deine Glieder instinktiv jede Bewegung aufnehmen, deine Stimme jede Intonation nachahmt, deine Phantasie von allem beflügelt wird, was um dich herum ist. Und doch bist es immer du, hat schon dieser kleine Körper eine definitive Andersheit, eine unantastbare Eigenheit, die sich wie eine zweite Haut um ihn spannt.

Ich habe die Wucht und den Rhythmus der Brandung schon Jahre nicht mehr gespürt. Als du geboren wurdest, fühlte ich diesen Wellenschlag zum letzten Mal, und ich sehe seine Farbe in deinen Augen, aber aus meinem täglichen Leben ist er längst verschwunden, auch mit deiner Mutter. Stille Wasser, bleierner Horizont. Ich treibe dahin, oder nein, ich rudere hektisch durch den Nebel.

Ich flüchte mich in poetische Bilder, aber ich wollte protokollieren, was geschieht, nüchtern wie ein Beamter. Deine Geschichte, dein Ursprung, Berichte aus dem Hinterland. Es ist genug gelogen worden. Ich habe das erst erfahren, habe die Beweisstücke gefunden, als es zu spät war. Ich kann keine Fragen mehr stellen. Eine frisch begrabene Urne aus Aluminium hütet ihr Geheimnis genauso effektiv wie ein Geist, der nur aus Fernsehschneesturm besteht. Alles schwimmt gleichzeitig in ihm, Eindrücke ohne Ursache und Folge.

Heute Nachmittag schon?, fragte Rachel, prüfend, misstrauisch, als Ben sich von ihr verabschiedete.

Es hat sich alles schnell gelöst, antwortete er, ich habe sie heute Morgen beerdigt.

So schnell? Ganz ohne …

So schnell. Es gab ja niemand anders, den ich hätte benachrichtigen können.

Und die Frau deines Vaters, Clara? Sie hat sie doch gekannt.

Das ist nicht ihre Sache. Sie hat andere Sorgen. Ich habe sie angerufen. Ich habe ihr gesagt, dass ich dringend wegmuss, dass ich sie nicht mehr wiedersehen kann. In Wahrheit würde ich es einfach nicht aushalten, dieses Haus noch einmal zu betreten.

Und jetzt?

Ich muss zurück. Zu meiner Familie.

Natürlich.

Das ist nicht natürlich. Seit ich hier bin, habe ich nicht mit ihnen gesprochen. Sie nimmt meine Anrufe nicht an. Sie beantwortet meine Mails nicht. Sie nimmt es mir übel, dass ich hier bin.

Um deine Mutter zu begraben?

Sie sagt, es hätte warten können, bis Saschas Mittelohrentzündung vorbei ist, bis sie ihre Prüfungen korrigiert hat, bis …

Bis zum richtigen Moment.

Aber der kommt nie.

Manchmal, sagte Rachel langsam, manchmal kommt er,

aber wir sind so fixiert auf irgendwas anderes, dass wir ihn uns durch die Hände gleiten lassen. – Und jetzt?

Ich weiß nicht. Ich fahre zurück, zurück in die Sackgasse, wir leben weiter. Miteinander. Nebeneinander. Ich hatte es mir anders vorgestellt, alles. Als ich dich traf, damals, hatte ich mir alles ganz anders vorgestellt. Manchmal denke ich, ich sollte nochmal von vorne anfangen, einfach hierbleiben und nochmal von vorne anfangen. Manchmal denke ich mir: Vielleicht nehmen sie mich noch in Paris, sie wollen mich wirklich, und vielleicht wäre es das Beste, eine tolle Möglichkeit für meine Karriere, aber vielleicht auch für uns, vielleicht hilft uns die Entfernung, einander wiederzuentdecken, und Sascha hätte dann die Möglichkeit, später ... Xenia ist schon längst weit weg. Sie muss noch Arbeiten korrigieren, sie muss zu dieser Konferenz, sie muss Anträge schreiben bis nachts, sie muss nach Kopenhagen und nach Rom und irgendwo anders hin, sie muss, ich muss.

Was hast du da? Rachel zeigte auf die kleine Figur, die Ben während des Redens, fast ohne es zu bemerken, aus der Tasche gezogen hatte.

Das? Das ist Spiderman, Peter Parker, der heimliche Superheld. Er gehört Sascha. Ich habe vergessen, ihn zurückzugeben.

Wie alt ist er?

Im September wird er fünf.

Wer im Glashaus sitzt ...

Rachel blickte auf das Glas in ihrer Hand, auf Bens Hände, die nervös über die Plastikfigur strichen.

Im Glashaus?, fragte er.

Ich dachte nur. Du hattest von deinen Besuchen erzählt, von deinem kranken Vater, von damals, als er euch verlassen hat.

Und?

Wie alt warst du damals?

Was hat denn das damit zu tun?

Vielleicht gar nichts. Es ist nur: die Symmetrie.

Die Symmetrie! Das Leben ist kein Kunstwerk. Mein Leben ist ganz sicher keins.

Würdest du sagen, dass du deinem Vater ähnlich siehst?

Nicht besonders. Ich schlage eher nach meiner Mutter. Der alte Mann, den ich hier getroffen habe, war mir eigentlich ganz fremd. Ich erinnere mich kaum an ihn.

An den Heldenvater deiner Kindheit?

An den natürlich! Das ist etwas anderes. Den habe ich geliebt. Aber nicht an ihn, aus Fleisch und Blut, damals. Ich habe kaum Erinnerungen an ihn. Vielleicht hat er sich nie mit mir beschäftigt. Er war eher eine Art Legende. Besser als die Wirklichkeit. Eine erbauliche Lüge für Kinder.

Und wo wären wir ohne erbauliche Lügen?

Sicherlich nicht hier, nicht jetzt.

Sie schwiegen. Er hatte seine Jacke noch an, sein Koffer stand mitten im Raum.

Warum hat sie es wohl gemacht?

Was gemacht?

Mich angelogen, all die Jahre?

Das verstehst du nicht?

Nein, sagte er kaum hörbar und starrte auf einige Farbspritzer auf dem Boden. Das verstehe ich nicht.

Die Kleckse sahen aus wie eine Himmelskonstellation, ein unbekanntes Sternbild.

Rachel stand auf. Sie ging zu einem der großen, niedrigen Metallkästen, die in ihrem Studio standen, und holte ein Blatt aus der obersten Schublade, rollte es sorgsam mit einem Bogen Seidenpapier zusammen, gab es ihm.

Das ist für dich, sagte sie.

Was ist es?

Du kannst es später aufmachen.

Werden wir uns wiedersehen?

Das hängt davon ab …

Wovon?

Ich weiß nicht. Von erbaulichen Lügen vielleicht.

Er rief sich kein Taxi, als er Rachels Haus verließ, diesmal wohl für immer. Er würde mit der Bahn fahren, zu Fuß zum Bahnhof gehen, durch die Stadt, vorbei an sich selbst, an Plakaten für die Ausstellung, die er noch immer nicht besucht hatte. Er wollte sich nicht als einen von vielen wiedersehen, schwarz verschmiert, ein Glied in einer Kette der Verführungen.

Der brackige Duft der Grachten beruhigte ihn, die Weite der See, in die das Wasser floss. Man kann untertauchen in diesem Wasser, die Luft anhalten, durch geheime, unterirdische Kanäle treiben, hinaus aufs offene Meer.

Erst im Zug rollte er die Zeichnung auf, die Rachel ihm

gegeben hatte. Er wusste, was es war. Jetzt, fast allein im oberen Stockwerk des Waggons, betrachtete er sich selbst, in derselben Haltung wie damals, nackt auf dem Rücken liegend, die Knie angezogen und weit gespreizt, die Schenkel, den Schwanz und den unteren Teil des Körpers verschmiert von rabenschwarzer Zeichenkohle, fünfundzwanzig Jahre später. *Lichaam*. Leichnam. Unbarmherzig und doch voller Anteilnahme. Eine gute Haltung. Ein Blick in medias res. Kein junger Körper mehr, kein schöner Körper. Schwer und schlaff wirkte er. Zittrige Kohlestriche zeigten die Waden, geädert von Thrombosen, Narben auf Beinen und Bauch, das Gesicht nur grob skizziert, unbestimmt. Er sah sein Spiegelbild im Fenster, ein Doppelgänger, bleich und mit Pflaster auf der Stirn. Alt sah er aus. Wer im Glashaus sitzt.

Bens rechte Hand griff in seine Jackentasche. Seine Finger tasteten sich an den Konturen von Spiderman entlang. Hartes Plastik für kleine, weiche Hände. Fremd und kühl fühlte es sich an. Er dachte an Paris.

DANK

Dies ist eine Gelegenheit, denen zu danken, ohne die dieses Buch nicht oder nicht so hätte entstehen können. Beim Schreiben dieses Buches wurde ich unterstützt durch ein Elias Canetti-Stipendium der Stadt Wien und durch eine Residency in Amsterdam, vergeben vom Nederlands Letterenfonds. Mein Dank gilt auch Freunden, die frühe Entwürfe dieses Romans gelesen und mir durch ihre Beobachtungen sehr geholfen haben, insbesondere Rainer Rosenberg, Carolin Pienkos, Cornelius Obonya und Paul Verhaeghe. Danken möchte ich auch meinem Agenten Sebastian Ritscher und Herbert Ohrlinger, meinem Verleger, dessen einfühlsames Lektorat eine enorme Hilfe war – und natürlich Dir, Veronica, aber das weißt Du ja.